ログアウトしたのはVRMMOじゃなく本物の異世界でした 4

とーわ
イラスト/KeG

～現
ステータス

The Real Otherworld

I logged out from there, not a VRMMO.

Contents

ダッシュエックス文庫

ログアウトしたのはVRMMOじゃなく
本物の異世界でした4
～現実に戻ってもステータスが壊れている件～

とーわ

2023年8月30日　第1刷発行

★定価はカバーに表示してあります

発行者　瓶子吉久
発行所　株式会社　集英社
〒101−8050　東京都千代田区一ツ橋2−5−10
03(3230)6229(編集)
03(3230)6393(販売／書店専用) 03(3230)6080(読者係)
印刷所　株式会社美松堂／中央精版印刷株式会社
編集協力　法貴仁敬(RCE)

ISBN978-4-08-631518-0 C0193

ダッシュエックス文庫

ログアウトしたのはVRMMOじゃなく本物の異世界でした4
～現実に戻ってもステータスが壊れている件～

とーわ

プロローグ

『アストラルボーダー』のクローズドテストに参加してから、二年。

レベル65に達していたレイトたちは、次のエリアに向かうために通らなければならない大迷宮——『ラーゼリアの回廊（かいろう）』の攻略を終えようとしていた。

「——これで終わりだっ！」

《ソウマが聖剣術スキル『バーストレイブブレード』を発動》

《【暴虐の鬼将】ブラストオーガを一体討伐（とうばつ）》

「はぁっ、はぁっ……ブラストオーガ、やっぱり怪物だったな……」

OP（オーラ）の激しい喪失感、そしてボスの全体攻撃によるダメージで、レイトたちは消耗（しょうもう）しきっていた——聖女（セイクリッド）のミアはその場に座り込み、猟兵（イエーガー）のイオリは壁にもたれかかる。

「レイトの魔法で強化されてなかったら、打ち合うことすらできない。やっぱり、持つべきものは呪紋師（ルーンマギウス）だね」

「そして、回復役（ヒーラー）もな。ミアがいなくてもやっぱり一瞬で壊滅だ」

「ソウマの戦い方が無謀（むぼう）すぎ。防御のスキルもやっぱり取った方がいい」

　イオリが忠告すると、ソウマはただ笑って、握りしめた『聖剣』を見つめた。

「もし僕のＤＰＳ……ダメージ量が敵の自動回復を上回れなければ、そこで詰みなんだ。攻撃こそ最大の防御、だからこそ僕は剣技に特化する」

「意外と脳筋なんだよな。俺より全然理性派なのに」

「理性……ははは、戦ってる最中はそんなこと忘れちゃってるな」

「……脳筋というよりバーサーカーかも」

「イオリさん、それは言い過ぎかと……ソウマさんは後衛に攻撃がそれないように、ターゲット管理をしてくれていますし」

　レイトとミアの二人で回復魔法を使い、ソウマを回復する。ボスとの戦いの後は、それが習慣となっていた。

　ライフが完全に回復しても、オーラが残っていれば回復魔法を余計にかける。

　この世界で死んでしまえばプレイヤーは消滅すると知った時から、レイトたちは互いのライフが少しでも減っていると回復するようになっていた。

「それに僕だけじゃない、イオリも防御関係のスキルは取っていないよね」

「遠距離武器はヘイトが上がりやすいから、それを軽減するスキルは取ってる。防御はレイトとミアのおかげで最低限は確保できてる……と思う」

「防御魔法の二重がけは、レイトさんとの共同作業ですから。連携をずっとやってるとスキルの効果が高まりますし」

「レイトは全員と連携の熟練度が上がっていくからいいね。僕らのパーティで一番人気だ」

「補助呪文を使うから、それは当然というか……い、いや、人気とかそういうことじゃなくて、俺の役割だから」

そう言うと三人が楽しそうに笑う。

ブラストオーガはここまで到達したパーティを壊滅させ、命を奪っている。

そんな相手との苛烈な戦闘を終えた後でも、心を保つことができている。レイトはそれがどれだけ奇跡のようなことなのかを、折に触れて確かめていた。

「僕たちより先に進んだパーティは、もういない。ここからは危険度が跳ね上がるし、他のパーティが進んでくるのを待つという手もある」

「……このゲームにログインして、もう二年になります。ここで立ち止まっている間にも、外の時間は流れてしまって……」

「目覚められなくなるかもしれない。それは、嫌だから……」

先に進む。そう決意しているミアとイオリを目にして、レイトは思う。

この世界で生き残るたびに、生の実感を覚えている。ゲームの中であるはずなのに、痛みを痛みとして感じ、あらゆるものが酷くリアルに存在している。

——仲間たちに対する感情は、もはやレイトにとって、現実の人間関係よりも重さを増している。

現実のことを忘れたわけではない。それでもレベルを上げたことで『アストラルボーダー』の中で生きていくことが難しくなくなったなら、それでいいのかもしれない。

そんな考えが頭を過るようになっても、決まって思い直した。

仲間たちにこの考えを伝えれば、失望させる。迷いを口にすることはできない。

「レイト、僕らはまだ進める。ブラストオーガを倒してもまだ限界は感じていないだろ？」

「ああ、そうだな」

これまでに何度か、レイトたちは他のパーティと組んだり、ソロプレイヤーと共に行動したこともあった。だが、ここまで共に来られたのは四人だった。

「俺たちが初めにこのクソゲーをクリアして、運営に思い知らせてやろう」

「右に同じ。ゲームっていうのは、ログアウトがあるからこそ楽しいものなんだ」

「はい……っ、ゲームの中で本当に痛かったり、苦しくなるようなのは、良くないと思います」

「そういうのがなかったら、本当に凄いゲームなのに。技術は正しいことに使わないと意味がない」

レイトは『アストラルボーダー』を恐ろしいものだと思いながら、この世界に抑えようもなく惹きつけられていた。

ただ前に進むだけではなく、この世界に何があるのかを見て回りたい。

どんなスキルが存在するか、自分の限界を知りたい。どこまで強くなれるのか、どんな強力なモンスターを倒せるようになるのか。

「イオリはこのゲームの凄さを認める気持ちもあるんだね……僕は、ただ凶悪だと感じるけれど」

「……でも、分かる気はする」

レイトが言うと、イオリはその真意を確かめるように彼を見て――そして、微笑んだ。

「みんなとは、他のゲームも一緒にやってみたい。デスゲームは懲り懲りだから」

「イオリさん……私もです。皆さんと、ログアウトしても友達でいたいです」

そしてレイトたちは、進むことを選んだ。ラーゼリア回廊を越え、他のプレイヤーが達したことのない、魔神の影響力がさらに強くなる領域へと。

第一章　戦いの合間に　新たな出会い

1　交流戦初戦終了

特異領域（ゾーン）を出ると、討伐隊（とうばつたい）の隊員がこちらに駆け寄ってきた。

「君たち、無事だったか……本当に良かった」

「先に出てきた人たちに聞いていると思いますが、ゾーン内で異変が起きました。遭遇（そうぐう）するはずのないような、強力な……相手に遭遇しました」

敵という言葉は、どうしても選べなかった。

イオリが自分の意志で攻撃してきたとは思えない。彼女の姿が消えるとき、空間の歪みに引き込んだ存在がいる。

「ゾーン内に未登録の敵性存在が確認され、交戦の後に撃退されている……交戦したのは、神崎玲人（かんざきれいと）君。君ということで、間違いないか」

撤退（てったい）の指示が出ている中で交戦したことは、注意されても仕方がないか。何らかの処罰もあるかもしれない——と思ったそのとき。

「あ、あのっ……俺たちは、神崎に助けてもらったんです」

「もし彼がいなかったら、私たちは建物の崩落に巻き込まれていたかもしれません」

仁村と、確か岩井さんという女子だったか。その二人が討伐隊員に対して進言してくれた。

「ああ、分かっている。我々が選手を守るためにゾーンに入るべきところを、最善の対処をしてくれた。それも、暫定的にAランクと認定されるような敵を相手に最低限の被害で済んでいる……全て君のおかげだ。ありがとう、神崎君」

「朱鷺崎第二部隊の綾瀬先……綾瀬隊長から話は聞いています。あなたが神崎玲人くん……先日の同時多発現出で功績を上げた方ですよね」

「え……俺のことを知っているんですか？」

男性隊員の横で話を聞いていた、もう一人の女性隊員。ショートカットの勝ち気そうな人だが、何というか親しみを持って話しかけてくれている。

そして男性隊員の方も何か驚いているようだ。こちらを見て目を見開いている。

「そ、そうだったのか。まさか交流戦の警備で会うことになるとは思っていなかったが、考えてみればそうか……気が付かずにいた自分の不明を恥じるよ」

「い、いえ。俺はそんな大した者じゃ……」

「今回も私たちは彼に助けられました。玲人……彼がいなかったら、負傷者が出るだけでは済まなかったかもしれません。可能であれば調査を行ったあと、何が起きたのかを知りたいのですが……」

　雪理が俺の代わりに必要なことを伝えてくれる。学生が討伐隊に情報提供を頼むというのは難しいと分かっているが、俺のことを知っているなら、そして綾瀬さんの知り合いがいるなら要望が通るかもしれない。

「調査結果については朱鷺崎討伐隊とも共有し、その後の判断は綾瀬隊長に任せたいと思う。それで問題ないだろうか？」

「はい、十分です。それと、さっきの騒ぎで負傷者が出たりは……」

「選手たちには動揺があったが、救急車両で『カウンセリング』を受けて落ち着いている。幸い病院に行く必要がある生徒はいなかった」

「っ……良かった。みんな無事で……」

　イオリが人を傷つけてしまったら、正気に戻すことができても彼女が苦しむことになる。俺が知っている彼女は、とても優しかったから。

「神崎君、頬から血が出ています。あなたも手当てをしていってくださいね」

「分かりました、ありがとうございます」

「我々はこれからゾーンに入り、調査隊が到着するまで現場を保全します。何か忘れ物などはありませんか？」

「大丈夫です。皆さんも、くれぐれも気をつけてください」

討伐隊員たちは頷くと、他の隊員と一緒にゾーンに入っていった。

「さて……二人も大丈夫か？　回復呪紋をかけることもできるけど。他の皆はどうしてるかな……」

雪理と黒栖さんに声をかけようとすると——なぜか両サイドから腕を摑まれた。

「……建物をなぎ倒すような力のある人の攻撃を、あなた一人で受けていたのを見ていたのよ？　実はすごく辛くて、やせ我慢したりはしてない？」

「が、我慢というか……っ……」

「やっぱり痛むんですね……っ、頰だけじゃなくて、服も擦れちゃってます」

試合用のスーツは、身体のラインが結構出てしまう。二人がかりで遠慮なく間合いを詰められると、色々と当たってしまう——これは大きめのゴムボールだと自分に言い聞かせるのも限界がある。

二人は俺の手当てをしてくれようとしている。回復呪紋をあえてかけない、そんな局面に遭遇することになるとは。

「向こうで治療をしましょう、黒栖さんには待っていてもらって……」

「っ……わ、私も、玲人さんのバディですので。玲人さんの怪我は、私の怪我と同じですっ」

「そう言われると、二番目のバディの私としては耳が痛いわね。玲人、どう思う？」

「え、えーと……」

どう思うと言われても、二人とも過保護じゃないか——とは言えないので、思わず二人から目を逸らしてしまう。

すると両方の頬にそっと手を当てられて、再び雪理に向き合わせられた。至近距離で見る瞳の色は、吸い込まれそうに深い。

「これをとりあえず飲んでおいて。魔力低下警告が出ているから」

「そ、それなら私は、体力を回復するほうのライフドロップを……」

二人が透明な小さい丸薬を取り出し、それを俺に差し出す——飲ませてくれるとか、どれだけ至れり尽くせりなのか。

「……口を開けないと入らないのだけど」

「あーんしてください、玲人さん」

「あ、あーん……」

《折倉雪理が神崎玲人に『オーラドロップ』を使用　魔力小回復》

《黒栖恋詠が神崎玲人に『ライフドロップ』を使用　生命力小回復》

覚悟を決め、順に飲んだドロップは甘いような味がした。このくらいの回復薬でも効いてはいるが、しっかり休まないと全快はできない。

「雪理お嬢様、試合の結果について通達がありました」

坂下さんと唐沢、そして他のメンバーもやってくる。みんな怪我はないようだ――無事を喜んでか、木瀬君と社さんが俺の肩を軽く叩いてくる。

「試合は風峰学園の勝利だ。幸いと言っていいのか、無効試合の条件は満たさなかった」

「そうか、無効になる可能性もあったんだな」

「試合の決着がついた後に敵の襲撃があったと判定してもらえたのね」

「え、えっと……勝てましたね、玲人さんっ」

「ああ。みんなよく頑張ったな……って、俺が偉そうに言うことでも……」

「いや、神崎は言っていい。無事に敵を撃退できたからいいものの、もし神崎がいなければ甚大な被害が出ていたかもしれない……ゾーン内の建造物は破壊されたが、それは被害としては考慮されないしな」

「まあ、そういう理由でゾーンを試合会場に使ってるってこともあるのかな」

しかし今回の襲撃があったことで、この特異領域で交流戦はできなくなるかもしれない。

――私と同じ……因子を持つ者は、他に必要ない……！

この場所だから襲撃されたということではなく、イオリは俺を狙ってきた。

『因子』とはなんなのか。イオリと俺の二人が持っているのなら、ソウマとミアの二人も持っているのか──。

（イオリは誰かに操られているのか……やはりウィステリアに憑依していた悪魔が言っていた、魔女神なのか？　それとも……）

しかしイオリと生きて会えたということは、ソウマとミアもきっと生きている──今までの何も手がかりがない状態よりは、大きく前進できている。

「ちょいちょい、レイ君大丈夫？　心ここにあらずって感じ？」

「あ……ご、ごめん。姉崎さん、それに幾島さんも」

「え、えっと……十架ちゃん、さっきからずっとこんな感じで……」

社さんが慌てている──それも無理もない。

いつもクールな態度だった幾島さんの目が赤くなっている。俺に撤退するように言ってくれていたのに、振り切ってしまったからなのか。

「……大丈夫ですか？　ちゃんと足はついていますか？」

「はは……化けて出たりはしてないよ。ごめん、心配かけて」

「そんなことはいいんです。無事でいてくれたら、それで……」

幾島さんがハンカチで目元を押さえ、そして微笑む。こんな顔をするのか──と思っているのは俺だけではなくて、皆が驚いていた。

「さっきまでは神崎先生が心配だっていっても、そんなに顔に出してなかったんですよ。でもやっぱり心配だったんですね……うう、私も泣けてきちゃった」

「社、あまりそういうことを律儀に報告すべきでは……幾島さんに対して思いやりが足りませんわ」

「いえ、問題ありません。私は泣いたりはしていませんので」

「そうそう、私たち落ち着いて待ってたから。心配でゾーンに入ろうとして止められたりとかほんとしてないから」

姉崎さんはそういう行動に出てもおかしくないが、幾島さんまで――そう思うと、やはり謝っておかないといけない。

「幾島さん、さっきはせっかく忠告してくれたのに……」

「……いえ。ナビゲーターの私には、神崎さんの状況は全て伝わってきていましたから。とても凄い……そんな言葉じゃ表しきれないような人と、一緒のチームにいるということが……んっ、んんっ」

今度は饒舌になっている幾島さんだが、皆が微笑ましそうに見ていることに気づくと咳払いをして黙ってしまう。

「……すみません、言いたいことが要領を得ません」

「いえ、幾島さんの気持ち、凄く伝わってきました。私たちもゾーンの中にはいましたけど、玲人さんのことは凄く心配で、心臓が止まるかと思いましたから」

「そうね、私も……と言うと玲人に心配させてしまうわね」

「あはは、ほんとに止まっちゃったら困るからレイ君聞いてみる？　二人の鼓動」

「姉崎さんも変なテンションになってるな……とりあえず落ち着いてくれ」

「……私は聞いてもらってもいいですけど」

黒栖さんが小さい声で何か言ったようだが、俺のログには何もなかったことにしておく。

そういえば、一つ大事なことを思い出した。この交流戦におけるもう一つの目的――速川という選手に会って、確かめたいことがある。

ハヤカワ＝イオリ。『速川』という同じ漢字なのかは分からないが、『アストラルボーダー』で銃を武器にしていたイオリとガンナーの速川選手には共通点があり、もしかしたらという思いが消せない。

結論から言うと、速川選手に会うことはできなかった。
響林館の選手はすでに試合会場から離れるところで、出発するマイクロバスを止めるわけにもいかず見送るほかなかった――『スピードルーン』を使って走って追いかけようかと思っ

たが、響林館に電話をすることもできると思い直した。

雪理お付きの運転手である角南さんが迎えに来てくれて、マイクロバスで風峰学園に向かう——そして寮暮らしでないメンバーは一人ずつ家に送ってもらうことになった。

「あー、あーしの家もうすぐだ。ほんと今日はみんなお疲れー、色々あったけどいい試合だったよ」

姉崎さんが自宅の前でバスを降りる。そして残った生徒は俺、黒栖さん、雪理と坂下さん、唐沢だ。

俺はマイクロバスの最後尾に乗っているのだが——四人掛けの席の真ん中で、全く動けない状態になっている。

「…………」

「……すー」

右にいる雪理はほぼ無音で、左の黒栖さんは静かに寝息を立てている——それぞれ、俺の肩に頭を預けて。

前の席に座っている坂下さんがこちらの様子をうかがい、顔を赤らめて隠れてしまう。次に唐沢が顔を出し、眼鏡を直しながらフッと笑うと引っ込んでしまった。

（二人とも疲れてるから仕方ないが……俺には枕になる才能があるのか……？）

試合後にクラブハウスでシャワーを浴びたからか、二人ともいい匂いがする。俺もシャワーを浴びておいたのはなんというかセーフだった。

『お二人の疲労度を玲人様のスキルで軽減することが可能です』

ずっと静かだったイズミが語りかけてくる。左腕につけているブレイサーを見やりながら、俺は心中で答えた。

（ヒールルーンが効くってことか？）

『肯定ですが、他にも「リプレニッシュルーン」というスキルが存在すると思うのですが。呪紋(ルーン)に属するスキルですので』

（なるほど、そっちの方もあったな。かけたあとしばらく効き続ける、回復持続(リジェネ)系のスキルだ）

俺は二人を起こさないように、詠唱(えいしょう)を省略して呪紋を発動する。

《神崎玲人が回復魔法スキル『リプレニッシュルーン』を発動》

「……ん……」

「……ふぁ……」

回復魔法を使われるときの感覚についてはいろいろな感想を聞いたことがあるが、不快な感覚ではないらしかった。

——レイトさんの気持ちが伝わってくるっていうか……よ、良いヒールだと思います！
——ヒールに良いも悪いもないと思うけど、ミアの気持ちは分かる。
——回復してもらうと連携攻撃の威力が上がるみたいだね、補正に限界はあるけど。

ソウマが言っていたことが『この現実』においても適用されるなら、使えるときに回復魔法は使っておいた方が良いかもしれない——と、攻略思考もほどほどにしないといけない。

「黒栖さん、そろそろお家に到着するようですので……」

「ん……あっ、れ、玲人さんっ、私いつの間に……っ、ごめんなさい、重かったですよね」

「俺は全然大丈夫。黒栖さん、今日はお疲れ様」

停車してから黒栖さんが席を立ち、鞄を持つ——雪理は起きる気配がない。『アイスオンアイズ』で消耗してしまった彼女を起こさないように、黒栖さんへの挨拶は声を出さずに手を振り合うだけにしておいた。

2　プレイヤーネーム

マイクロバスが自宅の前に到着し、皆に挨拶をして降りる。辺りは夕日に染まっていて、もうすぐ日が落ちそうだ。

玄関のドアを開けて気づく——今日も小平さん、長瀬さんの靴がある。警報が出てない時でも泊まりに来てしまうくらい仲が良いということなら、一度は親御さんに挨拶した方が良いのかもしれない。

「ただいまー」

「お兄ちゃん、お帰りー。試合はどうだった?」

「ああ、なんとか勝てたよ」

「ほんと? すごーい! 良かったー、夕食もお祝いしようと思って豪華にしてたんだよね。ねー、さとりん」

「はい、お兄さんのために腕によりをかけちゃいました」

「っ……紗鳥、そういうのってあんまりはっきり言うと……」

長瀬さんが自分のことのように照れているが、妹とその友達がお祝いをしてくれるというのに喜ばないわけもない。

「ありがとう、どんな料理か楽しみだな」

「うんうん、楽しみにしてて。お兄ちゃん、お風呂が先なら入ってきていいよ」

「試合の後にシャワーを浴びたから、俺は後でいいよ。いったん部屋に行ってるから」

「はーい。さとりん、いなちゃん、完成までがんばろー!」

「おー!」

「うん」

三人がキッチンに戻っていく――と思いきや、長瀬さんだけが何か思い立ったようにこちらにやってきた。

「あの、『アストラルボーダー』なんですけど、私も紗鳥も今日もゲーム機を持ってきてて……それで……大事な試合の後なので、お兄さんも疲れてると思うので、無理はしなくても大丈夫なんですけど」

「ははは、まあ結構大変だったけど、俺もゲームは……」

好きだから、と言いかけて思う。俺は『アストラルボーダー』に対して警戒心を忘れすぎている。

「その……面白いですよね、こういうネットゲームって。ゲームの世界を歩き回るだけでも、ずっとやっていられそうっていうか……まだ慣れてないので、ちょっとＶＲ酔いはしちゃうんですけど」

――このゲームって、全然ＶＲ酔いとかしないですよね。

――慣れるのが早いというか、ゲームの中でも違和感がなかった。

――ゲームの中だってことを忘れている人もいる。街の外に出れば魔物がいるのに。

「あ……す、すみません、私だけ喋(しゃべ)りすぎちゃって……」

「ああ、いや。ＶＲ酔いは、ゲーム機の設定を調整すると楽になることがあるから。後で一緒に設定しようか……って、最初にやっておくべきだったな」

「はい、よろしくお願いします」

長瀬さんは嬉しそうに頷(うなず)く。

ふとした拍子に蘇(よみがえ)る記憶。こうして戦った今でも、俺はイオリがどんな人だったのかを忘れていない。

「……そうだ。絶対に取り戻してやる」

俺が生き残り、俺が呪紋で蘇生(そせい)させた三人も生きている——そうであってほしいと願うことが強欲でも、知ったことじゃない。

仲間たちと旅をしたのは、全員で生きて現実(リアル)で会うためだ。たとえそれが俺たちの戻るはずだった世界とは違っていても。

ダイブビジョンを起動してロビー画面に入ると、ゲームを始めなくてもメールチェックなどができる。

《新着メールが二通届いています》

メールの内訳はイベントの告知が一通、そしてもう一つは――。

「サツキ……？」

しばらくログインできなくなると言っていた彼女からのメール。何か事情が変わったのか――とにかく、開いてみなければ。

《件名：初めてメールします》

《レイト君、こんにちは。あんな思わせぶりな話しておいてごめんね》

《私はこのゲームを、やっぱりまだ続けたいって思ってます。お母さんともちゃんと話して、なんとか分かってもらえました》

《それと、できればレイト君と一度会って話したいです。私は毎日夜にログインしてるから、よかったら連絡ください》

サツキがログインしているかはロビーでも分かる。夕食の後で時間を取った方が良さそうだが、すぐログアウトしてしまうかもしれない――考えるより行動ということで、俺はログインゲートを開いた。

《―Welcome to Astral Border World―》

ネオシティ外れに出たあと、ワープに使う『ウェイポイント』で都市の正門前に転移する。

そこでサツキにコールしてみると、すぐに反応があった。

「サツキ、メールは読んだよ。続けることにしたんだな、良かったよ」

『っ……も、もー。レイト君って優しいよね、やっぱり。最初だって私のこと助けてくれたし……』

「いや、まあ……いい格好したいだけかもしれないぞ」

『そういうの、考えないでできちゃう人だよね。ヒーローっていうか……エース？　っていった方がいいのかな』

「……？」

『やっぱり会ってから話したいな。ちょっとだけ時間ある？　ネオシティのどこかを指定してくれたらすぐに行くから』

前に会った『ネオシティ第三公園』でも良かったが、より近い場所ということで『隠れ家カフェしろ熊（くま）』を指定する。追加料金は払うことになるが、人目を気にせず話せる場所の方がいい。

個室に入っていくらも待たないうちに、ガラッとドアが開いてサツキが駆け込んできた。

「はぁっ、はぁっ……」

「あ、ああ……そんなに急がなくてもいいのに」

サツキは何も言わずにこちらを見ている。町中でスタミナが減るほど走るなんてプレイヤーはそうそういない。

「…………」

「……ん？　ああそうか、猪の頭防具は外した方がいいかな」

「そ、そうじゃなくて……あ……」

《レイトが『暴走猪の兜（かぶと）』を装備解除しました》

猪頭のままで会話するのもシュールなので外しておくことにする。それでもサツキはなかなか席に着こうとしない。

「……レイト君、変なこと聞くけど……レイト君って、どこかの総合学園に通ってる？」

総合学園は『この現実』において、冒険科や討伐科(とうばつか)などを備えている学校のことだ。それ自体は決して珍しくないので、答えても支障はない。

「ああ、この春から通ってるよ」

「……その……学校対抗の、交流戦の選手だったりはする？」

「っ……あ、ああ。一応、選手ってことになるかな」

今日まさに試合をしてきたばかりだが、それを言うと特定が容易になる――いや、それよりも。

「それを聞こうと思った理由は？」

「……やっぱり。聞き間違いじゃなかった……スナイパーだった私のところにやってきたあの子が呼んでた名前……」

「スナイパー……それって……」

現実(オフ)でサツキが俺の名前を聞く機会があったとして、どんな場合が考えられるか。

「……じゃあ、今日の試合には、出てた？　首を振るだけで答えて」

言葉にすればログが残る。個人情報に関わる部分は検知されて自動的に伏せられるようになっている――『今日の試合に出ていた』というだけでは特定には至らないが、念のために言葉以外でやりとりをしたいということだろう。

どうすべきか考えたが、サツキの切実な様子を見ていると嘘はつけない。

首を縦に振る――その瞬間、サツキは感極まったように目を潤ませた。ゲームのグラフィックとはいえ、ここまで再現されるとは。

「……やっぱり。今日の試合の前に顔を合わせたのは、レイト君だったんだ」

「っ……ま、待ってくれ。サツキはどうやって俺のことに気づいたんだ？」

「その声。レイト君が話してる声で分かったの。ゲームの中だとちょっと違って聞こえるけど、でもやっぱり同じ……試合が終わったあとに、討伐隊の人たちと話してたでしょ？　あのとき、私たちは少しだけ聞いてたの。すぐに撤収命令がかかっちゃったけど」

仁村と岩井さんの二人だけではなく、響林館のメンバーが様子を見ていたということらしい。

「いいのかな、こういう話しちゃって……」

「たぶん、住所とかを言わなければ大丈夫だと思うけど……スナイパーってことは、あの人だったんだな」

サツキはこくりと頷く。そして、俺の対面に座った――さっきから顔がずっと赤いままだ。

「ゲームの中だけだと大事なやりとりはできないから、後でＳＮＳのアカウント教えるね」

「分かった、俺はＳＮＳはやってないけど、そのためにアカウントを作るよ」

「ありがとう。レイト君……って、ゲームの中でも呼びすぎるのは良くないかな？」

「それは気にしなくていい、サツキみたいに気づく人の方はごく稀だろうから。ゲーム内で変なことはしてないし」

「ふふっ……猪くんの兜は目立っちゃうけどね。それ、結構レアな装備じゃない？」

「MVPの報酬だけど、ネオシティ近隣のやつだからな……みんな取っても装備してないだけだと思う」

楽しそうに笑うサツキを見つつ、俺は再び猪頭の姿になる。ツボにはまったのか、サツキはしばらく笑っていた。

「良かった。前に会ったとき、元気がないように見えたから」

「あ、あれは……それは確かにそうだけど。でも、私にも良く分からなくて」

「分からないっていうのは？」

「……どうしてこのゲームをやってることを、お母さんが不安だって言うのか。私自身が、どうして始めてみようと思ったのか」

まだ、サツキの話は繋がってこない——だが、何かが見えてきている。

「でも……何故なのか分からないけど。今日の試合のとき、警報が鳴って……特異領域の外に出ようとしてる時に、感じたの。私が探そうとしてる何かは、確かにあるんだって」

今日の試合場となった特異領域でサツキは——速川さんは、何かを感じた。

警報が鳴った後に姿を現したのは、イオリ。イオリの名字は『ハヤカワ』だ。

その符合が意味するものは何なのか。なぜ、イオリはあの姿で現れたのか。

イオリのいない彼女の家は、今どうなっているのか。

「……まだ考えが全然整理できてなくてごめん、何言ってるか分からないよね」

「俺もサツキに話したいことがある。けど、ここではまだ話せない」

「うん……ゲームの外で。今日は親が呼んでるから、そろそろ行かないと」

「話せて良かった。それと……試合でのサツキは、強敵だったよ」

「あはは……ごめん、私全然愛想悪くて。試合相手にへらへらしてちゃダメだけどね」


――速川、どうした？

――何でもない。たぶん、気のせいだと思う。

――無理しないでね、私たちのチームは鳴衣の調子次第なんだから。


確かに速川さんは、ゲーム内での『サツキ』と比べるとかなり違う印象だった。

「そうか……そのプレイヤーネームは、そこから来てたのか」

「あ、気づいてくれた？　気づいちゃうと単純なネーミングで恥ずかしいんだけど……」

速川鳴衣――『メイ』は英語で５月のことだ。５月、つまり皐月。

「俺も人のことは言えないからな」

「でも、そのおかげで気づけたから。レイト君が別の名前だったら、こうやって会ったりもできてないし」

「……じゃあ、俺も単純で良かったんだな」

「こうやって友達になれたしね」

MMO(ネトゲ)で知り合いができても、オフでどんな人かまで知ることは少ない。

そう思っていたが、ログアウトしてからの世界では、ゲームに対する関わり方自体が変わってしまったようだ。

「あ……私まだ夕ご飯食べてないんだ、実は。帰ってきてからずっとログインしてて」

「ああ、俺も。じゃあ……今日はおやすみかな」

「うん、おやすみ。私もレベル上げしてたんだけど、ちょっと疲れちゃって」

「今度のイベントに参加するためってことか？　それなら、パーティでも組もうか」

「ほんと？　人数制限とかないんだったら、私の友達も連れてくるよ。今日の試合にも出てた子なんだけど……あっ、それじゃ、また後でね！」

母親に呼ばれているというのは本当のようで、かすかに音声が漏(も)れていた――と、俺の方も妹が呼ぶ声が聞こえている。

「お兄ちゃーん……あ、聞こえてた？」

「お兄さん、ご飯ができましたよ」

「もう始めちゃってたんですね。後で私たちとも一緒に……いいですか？」

「少しログインして知り合いと会ってたんだ。後でまたやろうか」

三人に囲まれて様子を見られている状況に多少驚いたが、これくらいで動じる兄ではない――なんて冗談を言えるほど、俺は英愛(エア)の『お兄ちゃん』でいられているんだろうか。

「実はお兄ちゃんが全然返事しないから、顔に落書きしちゃおっかなって話してたの」

「えっ……わ、私は、やめた方がって……」

「紗鳥、こういうときは一蓮托生(いちれんたくしょう)だから。お兄さん、すみませんでした」

この三人もなかなか侮(あなど)れない。俺にできるささやかな抵抗は、それぞれ軽めにチョップをするくらいだった。

3　ダブルミーニング

階段を降りる時からすでに食欲を誘う匂(にお)いがしていたが、ダイニングテーブルに並べられた料理を見て思わず感嘆(かんたん)の声が出た。

手を洗ってから食卓に着く。俺の隣には英愛が、向かい側に友達二人が座った。

「今日のメインディッシュは、さとりんが家から持ってきてくれたパンで作ったパンシチューでーす。どう？　お兄ちゃん」

「めちゃくちゃ美味そうだな……」

「ふふっ……お兄さん、すごく真っ直ぐな感想ですね」

「味見したので大丈夫だと思いますけど……えっと、パンが蓋になってるので、開けてみてくださいっ」

パンシチューの蓋を開ける。ビーフシチューの香りが広がり、同時にＡＩのイズミが反応する。

《小平紗鳥が『料理』スキルを使用して作った『ビーフパンシチュー』の情報を取得しました》

《食事効果：体力回復促進小　体力経験値追加小》

『アストラルボーダー』においてスキルで作った食事には食事効果がつくことがあるが、この現実においても同じということか。普通の食材を使っていると効果がつく確率は低いはずだが。『体力経験値』は文字通り、ステータスに直接経験値が入るのだが、この方法でステータスを上げるのは難しい。『小』では加算される数値が小さすぎるからだ。

「お兄ちゃん、疲れてスプーンも持てないとか？　じゃあ私が食べさせてあげる」

「ん、んむっ……」

隣に座っている妹がスプーンからこぼれないようにしつつ食べさせてくる——美味いが、向かいに座っている二人にじっと見られていて落ち着かない。

「あ、あの、私は野菜を切る担当で、このサラダを作ったんですけど……作ったたっていうか切って盛り付けただけなので、料理っていうのはおこがましいんですが」

「シチューはパンにつけて食べると美味しいんですけど……え、えっと、私が……」

サラダを取り分けられ、小平さんまでこちらにやってくる——しかし途中で固まってしまい、首から顔まできゅうう、と赤くなってしまう。

「あっ、す、すみません、お兄さん、こんなに近づいたりして……」

「お兄ちゃん、さとりんのこと威嚇しちゃだめだよ」

「そんなことは全くしてないが……えーとその、小平さん、ぜひお手本を……」

「ひゃ、ひゃいっ……！」

パンシチューの食べ方に手本も何もないが、おそらく小平さんが席を立ったのはそういうことだろう。

「あーん……ってしてください」

小平さんの緊張がこちらにも伝わってくるようだが、ここは心を空にする。

《小平紗鳥が専門スキル『サービング』を発動　食事効果上昇》

「んっ……！」

「やっぱりパンにつけたほうが美味しいんだね、お兄ちゃんさっきと違う顔してる」

「いかがでしたか……？」

「さ、紗鳥、それはちょっと近すぎ……」

『サービング』――提供とか、奉仕とか、そういう意味があるんだったか。小平さんは料理関係のスキルを知らずに習得しているようだ。

「あ、ありがとう……えーと、自分で食べられるから」

「はい、お手本は見せられたので満足です。お兄さん、食べさせてもらうときは可愛(かわい)いんですね」

「っ……げほっ、げほっ」

「すみません本当に、紗鳥はいつもは大人しい子なのに……」

料理に関することでは大胆(だいたん)になるというか、そういうことだろうか。『専門スキル』といい、こだわりがスキル取得に繋がるというのは考えられなくはない。

一つ思ったことは、何か特殊な食材が手に入ったら小平さんに料理を作ってもらい、さらに食べさせてもらうと効果が増すということだ。経験値増加効果に姉崎さんがいることで強化(バフ)がかかるのなら――と、ついスキルの相乗効果(シナジー)を考えてしまう。

「二人とも、お兄さんにかまってばかりいたらシチューが冷めちゃうでしょ」

「はーい、いなちゃんお母さん」

「はいはい、お母さんですよ。紗鳥も……えっ、すごく汗かいてない？」

「そ、そんなことないよ？　私全然汗っかきとかじゃないから」

俺に接近してから小平さんの様子が確かに変わった気がするのだが――ちょっと冷房をかけた方が良いだろうか。

『小平紗鳥様の体温上昇について、感情バイオリズムの関連が推測されます』

『っ……イズミ、その情報は俺には教えなくて大丈夫だからな』

『かしこまりました。適宜ご報告はいたしますが、情報開示については都度決定をお願いいたします』

◆◇◆

夕食後、部屋に戻ってきて思い出す。

今日は大型連休の初日だ。妹の友達が泊まりに来たのもそれが理由なのだろう。

明日からの予定は特に決まっていないが、何をするか。考えていると、雪理からブレイサーに通信が入った。

『こんばんは、玲人』

「こんばんは。雪理、身体(からだ)は大丈夫か？」

『ええ、能力を使って疲労するのは分かっているから。それに、今日戦ったことで少し強くなれたような気がするの』

イオリのレベルはおそらく100か、俺と同じように限界突破している——そんな相手との戦いに参加すれば、得られる経験は多いだろう。

『私もあなたの仲間としてふさわしいくらい、強くなりたいと思っているから……トレーニングもいいけれど、実戦の経験を積むべき？』

「実戦か。雪理、連休は予定とかあるかな」

『家のことで一日は出ないといけないけれど、それ以外なら空いているわ。できれば一日はあなたと同行したいのだけど……』

「俺もそれは助かるな。実戦の経験を積むか、休日らしいことをするかは悩みどころだけど」

『……両方するというのは、考えとしてはないのかしら？』

少し雪理の声が上ずったような気がするが——言っていいものか迷った、ということだろうか。

《折倉雪理様の会話音声を解析　感情バイオリズムの変動を——》

緊張しているということだな、とイズミの報告をやんわりシャットアウトする。

そして俺も緊張してくる——両方するって一体何を、なんて惚けてしまったらもちろん地雷を踏み抜くだろう。

「訓練か実戦をする日と、最後はリフレッシュの日にする……っていうのは？」

『っ……え、ええ。私も何をするか考えておくわね、黒栖さんにも聞いておかないと』

雪理の中には俺と二人という考えはないということか——と、そんなふうに考えたりは（少ししか）しない。黒栖さんも一緒に行けるならそれがベストだ。

『……それとも、二人というのも考えられるかしら』

俺の考えをまるで読んだかのように言ってくる雪理。遠慮がちだからか囁くような声になってしまって、響き方がくすぐったい。

《雪理様の感情バイオリズムが大きく変動していますが、接続を維持いたしますか？》

「い、いや、接続はしてくれないと困る……っ」

『っ……せ、接続？　玲人、接続というのは……その、私が二人と言ったから……』

「違う違う、いや、違わないんだけど、ナビがちょっと気を遣いすぎてて……」

『そ、そうなの……？』

会話が噛(か)み合っているのかも分からない、全く冷静になれる状況ではない。

「……っ、今何か変なことを口走ったかもしれないけれど、それは空耳よ』

「そ、空耳ってそういう……」

『空耳よ』

「わ、分かった……えーと、そうだ。雪理の予定がある日っていつかな」

『5月5日の金曜日ね。明日の予定についてはまた朝に連絡してもいいかしら』

「ああ、早起きして待ってるよ」

『ふふっ……いいのよ、ぐっすり眠っていてもモーニングコールしてあげるから。おやすみなさい、玲人』

おやすみ、と返事をすると通話が切れる。モーニングコールはホテルなどに泊まった時のサービスだと思うが、バディの女の子がやってくれるとなると話は違ってくる。

「お兄ちゃん、お風呂上がったよー……あ、すっごいニヤニヤしてる」

「ニヤニヤなんてしてないぞ、人聞きの悪い」

「そんなこと言って、雪理さんと通話してたんでしょ。それとも恋詠さんかな？」

「ぐっ……ど、どちらかといえば雪理だけど……」

「ほんとに仲良しなんだね。お兄ちゃん女の子とか苦手そうだったのに、学校に通い始めてか

らいっぱい友達が増えちゃって」

苦手というか、ミアとイオリ以外とは気を楽にして会話はできなかった。『旧アストラルボーダー』では男性プレイヤーを警戒している女性も多かったし、それ以前にリアルではあまり女性に接点が――と、振り返ると今の状況が改めて信じ難い。

「あ、今日は私たちは違う部屋でログインするね。さとりんが変になっちゃったから」

「あっちから来たわりに照れてたからな……俺のことはそう気にしないでくれ。喋るジャガイモくらいに考えてくれればいい」

「……お兄ちゃんのことそんなふうに思える人、いるのかな?」

「その返しは俺も反応に困るというか……普通に照れるな」

「お兄ちゃんてクールそうに見えて、そういうとこあるよねー。ときどき弟みたいっていうか」

「あ、あのな……」

妹は悪戯な笑みを残して出ていってしまった。俺をからかうのが楽しいようだが、いつも翻弄されているばかりではないと教えてやりたい――だが妹も小平さんも良い子なので強く出られない。

「さて、俺も始めるか……」

別の部屋でログインできるのはネトゲのいいところだが、あまり人数が多くなると回線に負担がかかりそうではある。まあ四人程度なら問題はないだろうが。

４　イベントクエスト

《―Welcome to Astral Border World―》

本日二度目のログイン。扉を開くと光が広がる――だが、前よりそのエフェクトが軽減されていた。眩しすぎると感じるプレイヤーがいたのだろうか。

「うぉっまぶしっ、っていう感じでもなくなったよな」

「こんなとこ要望出してるやついるんだな。ありがてえありがてえ」

近くにいるプレイヤーの話し声が聞こえてくる。これはパーティ内だけに聞こえるようにも設定できるが、俺としては他プレイヤーの会話が聞こえてくる空気感も嫌いではない。

「オープンβっていつまでだっけ？」

「４ヶ月くらいやるんじゃなかったっけ。７月に課金の情報が出て８月から本サービスに移行、レベルは１に戻される」

「装備引き継ぎできるのはいいよな、まあβ版の装備なんてすぐ使えなくなるか」

「β版限定のアイテムがお宝になるな。例の猪の兜とか……うぉっ⁉」

少し離れた位置に俺がいることに気づいたプレイヤーが驚きの声を上げる。挨拶くらいしても良かったが、逆にプレッシャーを与えそうなので気づかないふりをしておいた。

「あ、お兄ちゃんいたいた」

「ログインの順番待ちになっちゃいまして……すごくプレイヤーが増えてるんですね、このゲーム」

英愛のキャラであるエアと、小平さんと長瀬さん――コトリと切羽が姿を見せる。

「お兄ちゃん、やっぱり目立っちゃってるね。あの猪さんってあまり出てこないのかもしれない」

「テストだからな、色々違うレイドボスを出して試してるのかな？」

「あ、あの蝶の羽根みたいなのがついてる人がそうみたいですね。他のレイドボスの装備みたいです」

「い……切羽、見ただけでわかるの？」

コトリが本名を呼びかけて踏みとどまる。『切羽ちゃん』でもなく、ゲーム内では呼び捨てすることにしたようだ。

「攻略ページをちょっと見てたら、賞金首の装備に入ってたから。『バタフライシリーズ』っていうんだって」

バタフライシリーズ――『旧アストラルボーダー』においても存在していた防具。女性限定の装備だが、あちこちが透過しているため、ミアが一瞬だけ装備していた期間があった。性能がいくらよくても羞恥心には勝てない。

「バタフライスカートの不透明度が上がったってマジ？」

「やっぱり怒られたか……あれはちょっと攻めすぎてたよな」

「バタフライビスチェの方は形自体がエ……いい感じだからセーフだぜ」

「禁止ワード言っちゃわないようにフィルターかけといたら？」

『エロ』程度は別にいいような気もするのだが、一応禁止ワードに設定されているようだ。

『イエロー』と言っても引っかからないらしいので、自動判別の精度は高い。

「お兄ちゃん、バタフライビスチェに興味あったり……？」

「防具としての性能は高いんじゃないか。装備でスキルがつくのは終盤までピンポイントで使えるからな」

「あっ、お兄さん……いえ、レイトさん、ネオシティの広場でイベントの告知があるみたいです」

「よし、行ってみよう」

　このオープンβテストに参加しているのは、あくまで仲間の情報を探すためだ。情報を効率良く得るにはある程度攻略を進めないといけない。

　サツキにも『イオリ』について知っているかを聞きたいが、イオリを取り戻してからでなければリスクがある。そうしなければ、サツキがイオリを助けようと動く可能性がある――無関係ということは、サツキがイオリに対して何かを感じていたことからも考えにくい。

レベル100を超えた力を持つイオリが敵意を向けてくるとして、対抗できるのはおそらく俺だけだ。俺以外にも高レベルの人はいるかもしれないが、まだ出会えてはいないのだから。

考えているうちに、俺たちはネオシティの広場に着いていた。プレイヤーは日に日に増えているが、処理落ちが一切ないので支障を感じない。

「お兄ちゃん、何か人が集まってない？」

「一応ゲーム内はレイト……まあどっちでもいいけど、そりゃ集まってるだろ」

「そうじゃなくて、ステージの周りに人がいっぱいいるの」

エアの言う通り、ステージの最前列に陣取っている人たちがいる。

彼らが待ち構えている中、壇上(だんじょう)に上がったのは——世界観を壊さないようにファンタジーらしくありつつ、それでいてアイドルらしいという衣装を着た少女だった。

「みんなー、集まってくれてありがとう！　みなさんと一緒にオープンβテストに参加している桜井(さくらい)ソアラと言います！　こんばんそあら〜！」

これはバーチャルアイドルというやつか。ゲームの紹介を見ているときに、βテストに参加しているという告知があった。

「今回のイベントは、レベル7以上の方のみ参加できます！　レベルはイベント期間内に上げてもらっても大丈夫なので、皆さんふるってご参加くださいね」

話すときにマイクを使うのがリアルだ——とあさっての方向で感心しつつ、説明に耳を傾ける。

「皆さんには課題クエストとしてアイテムを探してもらったり、モンスターを討伐してもらいます。それぞれ達成ポイントが獲得できますが、クエストごとに回数が決まっていて、その回数までしかポイントは入りません」

簡単なクエストを回してポイントを稼ぐというやり方では、上位入賞は難しいということだ。

賞品次第では、肩の力を抜いて参加することになるか——と考えていると、ソアラさんがペンライトのような道具を取り出し、空中に四角を描いた。

「すごーい、空中に絵が映ってる」

「プロジェクターっていうのかな？　そういう感じだよね」

「ソアラっていう子の装備、すごく可愛い……」

長瀬さんは桜井ソアラさんのようなＶに興味があるのだろうか。考えてみれば、こういったＶとのコラボ装備的なものは『旧アストラルボーダー』にはなかった——デスゲームには無縁といえばそれまでだが。

「賞品や現在のランキングはあちらの掲示板をインタラクトすると確認できますし、ステータス画面からも見られます。本サービス時に使用できる予定のアイテムのテストも兼ねていて、『ワープレガリア』っていう面白いアイテムもあります」

「っ……!?」

その名前を聞いて思わず声が出そうになる。『ワープレガリア』は俺にとって、そして『旧アストラルボーダー』に巻き込まれた人間にとっては因縁深いアイテムだ。

「皆さんが冒険できる世界はとても広くて、びっくりするくらい細部まで作り込まれています。テスト期間のあいだ、そういったところも楽しみながらプレイしていただけたらと思います！　私も楽しんでいきますので、皆さんよろしくお願いします！」

ソアラさんがもう一度ペンライトを操作すると、ゲームのＰＶとイメージソングが流れ始めた。どうやら、ソアラさんの所属するユニットが歌っているようだ。

「見て見てお兄ちゃん、可愛い装備品も賞品にあるんだって」

「こ、これ、アイドルの衣装みたいですよね……いいのかな、こんなの私たちが……」

「賞品だから、頑張らないと貰えない。他の人たちもすごいだろうし」

「そうだな……」

ルールを聞いている限り、クエスト攻略のデータが明らかになってくると情熱と時間、レベルがものを言うのは間違いない。

とりあえず近場でできるものからこなしていくのが良さそうだ。課題クエスト12個の中から『ピクシースライムと遭遇する』というものに目標を定めることにした。

「コトリ、いったよー！」

「はーい！」

「スラッシュ……！」

　ネオシティ近辺の草原に住むスライムを倒し始めて三十分ほどが経った。現状、特に収穫は得られていない——連携がスムーズになったのは良いことだが。

「ピクシースライムの出現条件は、『意地悪なスライム』との戦闘中に特殊な条件を満たすこと……か」

「いろんな方法でやっつけてみたけど、違うのかな？」

「もう経験値はあまり入らないですね、全然メーターが伸びないです」

「……みんな諦めて行っちゃってる。後回しにしてるのかも」

　切羽の言う通り、スライム相手にいろいろ試している人は他にも多くいたのだが、かなり人数が減っている。

　ネオシティ近辺のスライムをいったん狩り尽くしてしまい、結構遠くまで来てしまった。この先には森があるが、そこからはスライムが出なくなってしまう。

「こっちの方は特殊な条件じゃないから、そっちにした方がいいのかな？」

「『鍛治(かじ)で武器を＋４まで鍛える』……これはこれで結構大変なんだよな。なんせ武器の強化は失敗するし、素材は自分で取ってこないといけない」

「これはどうですか？　『ねくすとクラス』のメンバーをＮＰＣ(えぬぴーしー)として仲間に加えて、一緒にユニークモンスターを見つける、っていうのがありますけど」

　コトリの『ＮＰＣ』の言い方がぎこちないのは、ゲーム用語を普段使わないからだろう。

『ねくすとクラス』というのは桜井ソアラさんが参加しているユニット名らしい。隣のクラスにいそうなくらい親近感があるアイドルというのがコンセプトのようだ。

「お兄ちゃん、ユニークモンスターってなに？」

「通常モンスターの色違いで、結構見つかりにくいんだ」

「色違い……いっぱいやっつけてたらそのうち出てくるとか？」

「このピクシースライムもユニークモンスターだな。イベント期間中だけ出現(ポップ)するみたいだ」

　イベントクエストの内容を確認すると、そういった情報は載っている。ヒントとして「普通に倒すだけじゃダメかも？」と書かれていた――スキルで倒せということでもないようで、手詰まり気味だ。

「じゃあ、Ｖの人を見つけて一緒に来てもらって、それからユニークモンスターを探したら一石二鳥になったりしないかな」

「一つずつしかクエスト達成にならないってこともよくあるんだが。狙ってみる価値はあるな」

「でも、こういう条件があるとソアラさんも引っ張りだこになっていそうですね」

「いや、NPCとして仲間にできるキャラは本人じゃなくて、同じ姿をしたキャラってことらしい。ほら、あそこにも……」

イベント期間中は『ねくすとクラス』のメンバーをギルドで一人仲間に入れられる。装備は本人のものより少し簡素で、受け答えは簡易AI的な感じらしい。指示に従ったり、技を使うときに声を発したりとか、まさにNPCキャラという振る舞いのようだ。

——そのはずなのだが。俺が見つけた『桜井ソアラ』さんの姿をしたキャラクターは、どう見ても人間味に溢(あふ)れていた。

《桜井ソアラが弱体魔法スキル『スリープソング』を発動》

「あの人、歌ってる……あっ、危ない……っ！」

《意地悪なスライムが特殊攻撃スキル『食らいつく』を発動》

「きゃぁっ……こ、こうじゃなかったの……？」

歌系のスキルの問題は、序盤では効果が出るのに時間がかかること。そしてスライムには効果が出始めるのが遅い――そして意地悪というだけあって、序盤のモンスターにしては反撃が痛い。

《桜井ソアラのスタンダード衣装胸の耐久度低下　装備破損》
《桜井ソアラのスタンダート衣装足の耐久度低下　装備破損》

（防具の修理を忘れてたのか……！）

防具を狙ってくるとはいえ、普通は一撃で壊されることはない。そしてＮＰＣの防具は耐久度が落ちないはずなので、あの人は――プレイヤーだ。

「さすがにスライムに負けるわけにはいかないですよ……っ！」

《桜井ソアラが意地悪なスライムに攻撃》

ソアラさんはまだ戦意を失っていない。ステッキのような武器を振りかざしてスライムに向かっていくが――無属性魔法でないと通じない、その特性を失念している。

「――外部支援を許可してください！」

「っ……!?」

《桜井ソアラが外部支援を許可しました》

《レイトが強化魔法スキル『ウェポンルーン』を発動》

ソアラさんのステッキが輝き、スライムにヒットする——しかし声をかけたときに驚いてしまって、スライムの芯を捉えられていない。

「これなら……っ、えっ……？」

さらに追撃しようとしたソアラさんだが、スライムが飛び跳ねて逃げていく。

《意地悪なスライムが汎用スキル『仲間呼び』を発動》

仲間を呼ぶ習性を持つモンスターは多いが、意地悪なスライムが仲間を呼ぶのを見るのは初めてだった。

何もいなかった空間に次々とスライムが現れ、ポヨンポヨンと跳ねながら、ダメージを受けたスライムの周りを囲う。

《意地悪なスライムたちが『ピクシースライム』を召喚》

「きちゃった……お兄ちゃん、『ピクシースライム』が……！」

『意地悪なスライム』にダメージを与え、『仲間呼び』を誘発する。それだけの条件なら誰かが満たしそうなものだが、一撃で倒せるモンスターに対してあえて手加減をするというのは盲点といえば盲点だ。

《レイトのパーティがイベントクエスト５を達成しました　５００ポイント獲得》
《レイトのパーティがイベントクエスト８を達成しました　立ち会ったキャラクター：桜井ソアラ　８００ポイント獲得》

「た、達成できちゃったみたいですけど……これから戦ったりします……？」
「すごくレベルが高そう……モンスターの名前が金色の文字になってる。遭遇するだけでいいなら、逃げた方がいいの……？」
「でもそのままにしておいて逃げちゃったら、後で気にならない？」

エアもピクシースライムが強そうだとは思っているようだが、確かにせっかく出現させたのに逃げるというのも勿体ない。

できるだけ死(デス)は避けるプレイをしてきて、ここで簡単に死ぬつもりもない。難しいミッションだが——ソアラさんも逃げようとはしていない。

「魔法、ありがとうございます……っ、私はできるだけ頑張ってみますが、みなさんは自由にしていただいて……えっ、猪……？」

「すみません、怪しい者にしか見えなくて……でも乗りかかった船なので、このまま共闘しませんか？」

自分でもどうかと思う誘い文句だが、ソアラさんはそれほど迷わず了承してくれた。

「こちらこそお願いします、その、装備がダメになっちゃってるので前に出られないんですが……」

「ああっ、お兄ちゃん見ちゃダメ！　アンダーウェアは絶対外れないけど！」

「言ってる場合じゃないぞ……来るぞっ！」

《レイトのパーティと桜井ソアラが『ピクシースライム』と戦闘開始》

5　ユニークモンスター

ゲーム内でのレベルは7になったが、ＨＰやＯＰ(オーラ)はそれぞれ70上がっただけで、やれることはあまり増えていない。『経験者』という初期ジョブのままだからだ。

『スキルリーダー』で現実のスキルを使えるといっても、やれることに限りはある。ステータス値も低いので、威力は現実よりも低いだろう——だが、イベントで戦うユニークモンスターを倒すための糸口にはなるかもしれない。

「プルルッ……プルルル……!!」

「な、何か可愛(かわい)い音出してるよ……？」

ピクシースライムはピンク色の大きなゼリーのような姿をしていて、普通のスライムと違うのは羽根のようなものが生えていて、空中に浮いていることだ。

そのスライムがどこから出しているのか、愛嬌(あいきょう)のある音を発する——すると、ピクシースライムに合わせられていた標的(ターゲット)が勝手に外れてしまった。

《ピクシースライムが専用スキル『ファニーチャーミー』を発動　自身に対するヘイト低下状態異常耐性上昇》

（まずい……っ！）

『ディスペルルーン』を使ってヘイト低下を解除することはできるが、それをやるとＯＰがかなり削(けず)られてしまう。

《ピクシースライムが攻撃魔法スキル『ピンクウィンド』を発動》

ピンクのスライムが発光を始める――こればかりは様子を見るわけにはいかず、即座に対抗呪紋(ルーン)を発動する。

「――っ！」

《レイトが特殊魔法スキル『ジャミングサークル』を発動　即時遠隔発動》
《ピクシースライムの詠唱(えいしょう)を阻止》

「プルルッ……‼」
「みんな、一旦退くぞ！　攻撃できないんじゃ倒しようがない！」
「今のって、まだ解放されてない高レベルのスキルじゃ……」
「説明は後です、俺が殿(しんがり)を務めますから！」

ピクシースライムがもう一度詠唱を始めるまで、クールタイムがあったことが幸いだった――詠唱に合わせて『ジャミングサークル』を発動させ、追撃を防ぐことができた。

なんとか逃げ切れたが、森の中に入ってきてしまった——新しいモンスターに遭遇しなかったのは幸いだった。

《ピクシースライムの索敵範囲から離脱》
《ピクシースライムの『ファニーチャーミー』効果解除》

あの見た目からは想像もできないスピードでついてきていたピクシースライムだが、視界は広くないようで、ようやく俺たちを見失ってくれた。

「はぁっ、はぁっ……ゲームの中なのに息が切れちゃってる……」

「まあ感じ方の問題だな。俺も魔法を使うと少ししんどくなる。『スキルリーダー』を使ってるからなんだろうけど」

「そうなんですよね、『スキルリーダー』を使うと……あっ、すみません、普通に話に入ってしまって」

ソアラさんも一緒に逃げてきていたが、この状況に付き合ってもらっていいものか——戦闘中でなければログアウトもできるし、普通に逃げることもできる。

「初めまして……じゃないですね、さっき広場にいらっしゃいましたから」

「はい、さっきのソアラさんの話を俺たちも聞いてました」

「では改めまして、私は桜井ソアラです。えっと、いちおうNPCということにしておいてくださると助かります」

　そういう体にしておいてほしいということなら、こちらも特に異存はない。事情は気になるがそれも野暮というものだ。

「今のは練習のつもりでやってたんですけど……歌が効くのが遅くて、ちょっと焦ってしまいまして。ごめんなさい、お見苦しいところを……」

「練習っていうことは、今は配信したりはしてないってことですか？」

　切羽に言われるまで気づかなかった――そうだ、ゲーム配信の最中というのは考えられる。

だが、その心配は必要なかった。

「はい、今はしてないです、練習のつもりだったので。その、リハーサルというか……ほんとは見つかっちゃいけなかったんですけどね、プライベートということで……あら？」

「っ……す、すみません。遠くで見てもそうだったんですけど、近くで見るとすごく可愛いなって……」

「ひぇぇっ、そんなそんな。皆さんもすっごく可愛いですよ！　もう三人侍らせちゃってですね、ソアラちゃんのハーレムパーティを……なーんて、猪さんが皆さんのリーダー、なんですよね？」

「はい、お兄ちゃん……レイト君が私たちのリーダーです」

妹に『君』をつけて呼ばれるのは落ち着かないが、まあゲーム内ということで良しとする。

「猪さんのこと、噂になってますよ。初回のレイドボスイベントで活躍した、プレイヤースキルの高い人だって」

「プレイヤースキル……え、えーと。ソアラさんも言ってましたけど、『スキルリーダー』のことはご存じなんですよね？」

「ほんとはまだ使えないスキルでも、現実で使えるとゲームの中でもできちゃうって機能ですよね。私もそれ、使えちゃうんです」

「すごーい……お兄さん、ライバルさんですね！」

「たぶん、皆もやろうと思えばできるはずだけど……コトリは『料理』スキルを持ってるからな」

「えっ、そうなんですか？」

コネクターがないとＡＩによるメッセージがないので、スキルを使っていても自覚がないということだ。生活に影響が出ると思うのでコネクターは普通に普及すべきだと思うが、機能的にコストが高いのだろうか。

「お兄さんがいっぱい魔法を使えるのは、『スキルリーダー』があるからなんですね」

「お兄ちゃんは現実でも……あっ、あんまり言い過ぎちゃだめかな」

「いえいえ、私口は堅いので大丈夫ですよ。守秘義務とかしっかりしてますから。しっかりしすぎてて普段から秘密だらけですから」

「はは……それにしては、普通に目立つ装備みたいですけど」

「はうぁっ！　お兄さん鋭いですねー、実は高校生探偵だったりしますか？」

「そうだったらどうします？　……ってやってる場合じゃないですね。ピクシースライムは動きを止めたみたいですが……」

　イベントクエストで訪れるわけでもないこの森に入ってくるプレイヤーはいない。ピクシースライムがこのまま非好戦状態（ノンアクティブ）だと、どこかに行ってしまったり消えたりということもありうる。

「あの『ピンクウィンド』を防いでくれたのは猪さんですよね。普通に受けちゃったら危なそうですか？」

「基本ユニークモンスターの攻撃は痛いと思った方がいいですね。ステータスも通常モンスターとは別物なので」

「そうなると、攻撃を受けないように工夫（くふう）しないとですね。他のゲームとかだと、気づかれずに当てた攻撃でダメージ増えたりするじゃないですか」

「気づかれずに……ですか。敵がどうやってこっちをサーチしてるか、それが分かるとやりようはあるんですが」

「ちょっと待ってくださいね、この眼鏡（めがね）を使えば……あっ、このアイテムは『他の私』にも配布されてるので大丈夫ですよ、チートじゃないです」

『他の私』というのは、ギルドで仲間にできるＮＰＣ版のソアラさんたちのことだろう。

《桜井ソアラがスカウターグラスを使用》
《ピクシースライム　レベル10　ユニークモンスター　スライム族》
《ＨＰ　５０００　ＯＰ　１０００》
《戦闘スタイル　近づいたものに反応して攻撃する。距離を取ると魔法を使用する》

ソアラさんが使ったアイテムは敵のステータスが分かるもので、その情報がこちらにも共有される。ナビゲーションで読み上げてくれているが、視界にステータス画面を映すほうに切り替えた。

《索敵方法：嗅覚（きゅうかく）　聴覚》

「匂いを消せばなんとかなる……かな？」

「ゲームの中なのに匂いとかあるの？」

「現実の感覚では分からないよな。でも、ゲーム中に『匂い』は設定されている……」

嗅覚を誤魔化すにはどうするか。森の中でしてもおかしくはない香りを身にまとえば気づかれないかもしれない。

森に住んでいる生物の香り――あるいは、魔物か。

「お兄ちゃん、何か思いついた……？」

「まず俺が攻撃呪紋を使うっていう手だが、今のステータスでは一気に５０００ダメージを叩き出すことはできない。５０００ってのも簡単に倒させる気がない数字だけどな」

「そうですね、簡悔っていう感じですね……運営さんの悪口ではないんですけどね」

簡単に倒されたら悔しい、略して『簡悔』。ネットゲームではよくあるというか、簡単でない方が燃えるというのはあるので一概に悪いとは言えないが。

「そうなると、特殊条件達成で勝ったことにするってのが現実的だろう。さっきソアラさんが調べてくれたピクシースライムのステータスを見てくれ」

《備考：状態異常を付与して一分経過することで勝利となる》

「状態異常……毒にしたりとか、眠らせたりってこと？」

「そうだな。これがまた意地が悪いが……最初にあいつが使う『ファニーチャーミー』で状態異常の耐性が上がる」

「それを防ぐことができれば、状態異常を付与する担当は私がします。さっきは上手くいかなかったんですけど、『スリープソング』というスキルがあるので」

ソアラさんはそう言ってくれるが、一つ問題がある。ピクシースライムの聴覚で普通に気づかれるということだ。

「……こっちに人数がいるからできる作戦。敵の習性を利用すれば、ノーダメージでいけるかもしれない。みんな、聞いてくれ」

ピクシースライムに勝つことは必須ではないが、今できることをやってダメだったら、その時に諦めればいい。

◆◇◆

「プルル……」

森の開けた場所、その中心あたりにピクシースライムがいる。周囲に警戒を巡らせるように、時々ゆっくりと回転している。

《レイトが特殊魔法スキル『サイレントルーン』を発動》

音を消し、ピクシースライムに近づく――だが、嗅覚で気づかれることはない。

これまで装備していなかった『暴走猪のスーツ』。これを身につけることで得られる特性『獣の匂い』は、ピクシースライムの嗅覚に対しての偽装に最適だった。森に生息する獣の匂いに紛(まぎ)れられるからだ。

(よし……これなら『ファニーチャーミー』を発動される前の段階で阻止できる……!)

《レイトが特殊魔法スキル『ジャミングサークル』を発動　即時遠隔発動》

「プルルッ……!?」

《ピクシースライムのスキル発動を阻止》

「ピキイイイイッ!!」

「よっ……!」

どこから音を発しているのか――スキルではなく通常攻撃の触手を繰り出してくるが、反応して回避する。

「――みんな、行くぞ！」

『はいっ！』

《桜井ソアラが支援スキル『スリープソング』を発動》

ソアラさんが歌い始める。今のレベルでは歌の範囲が広がらないため、スライムの射程外では歌えない――音は遠くまで響いているが、ゲーム上のルールだ。

次に動いたのはエアだった。木陰から飛び出し、ピクシースライムにバトンを回転させながら向かっていく。

《ピクシースライムがエアを攻撃》

《エアが攻撃を回避》

エアはピクシースライムにそのままバトンを――叩き込むのではなく、反撃を避ける。

「やぁぁぁーっ！」

次に出てきたのはコトリ——緊張した面持ちだが、ショートスピアを構えて勇敢に駆け込んでくる。

「プルルッ……‼」

コトリもまた、ピクシースライムの攻撃に対して回避に徹する。初めからダメージを狙ってはいない。ピクシースライムの攻撃対象を分散させているのだ。

「はぁぁあっ！」

今度は切羽が出てきてピクシースライムの注意を引き付け、攻撃をかわす。

スライムの攻撃は決して遅くはないが、全員にスピードルーンを使って回避の補助をしている——ＯＰ不足で回避率上昇の呪紋が使えないので、これが今できる最善の作戦だ。

だが、ピクシースライムも翻弄されっぱなしというわけではない。

（——まずいっ！）

ピクシースライムの攻撃対象がソアラさんに向いてしまう。歌の効果が発現するまでもう少しなのに——このままでは勝利条件達成を妨害される。

（残りＯＰは……いや、考えてる場合か……！）

「——うぉおおおおっ‼」

《レイトが攻撃魔法スキル『フリージングデルタ』を発動》

同じスキルであるはずなのに、ゲーム外よりも威力はずっと弱い──それでも、俺の手の平の先に生じた青い三角形は、回転しながら冷気を撒き散らし、ピクシースライムの攻撃をキャンセルさせた。

ソアラさんは歌唱を続けている──こちらを見て彼女が笑っている。俺はといえば、ＯＰ不足の警告で視界が暗く狭まってしまう。

「お願いっ……！」

エアの祈るような叫び──そして。

ピクシースライムの翼が突然、弛緩したように羽ばたきを止める。そしてポヨンと着地して、そのまま動かなくなる。

《『スリープソング』の効果発動　ピクシースライムに睡眠を付与》

眠った──耐性の高さは『ファニーチャーミー』を使わせなくても相当なものだったようだ。音を出してもすぐに起きたりはしないだろうが、念のためにということか、誰も声を発しない──ただ、笑顔でそれぞれに喜んでいる。

ソアラさんは胸を撫で下ろしつつ、こちらにピースサインを見せる。俺は親指を立てて応じ、達成感に浸る――勝利条件達成までのカウントダウンは、何にも邪魔されることなく過ぎていった。

6　NPCと中の人

ゲーム中にステータスウィンドウを開くと時計も表示されるので、1分はそれで計測した。最後のカウントダウンは三つ指を立て、一つずつ数えていく。そして――。

《ピクシースライムの特殊勝利条件達成》
《ボーナス経験値：1000　『スライムの鈴』を取得しました》
《ファーストキル：ゲーム中最初の討伐者にはボーナスが付与されます》
《ピクシースライムが非好戦状態に移行しました》

「……勝った……！」

「わー！　やった、やったぁお兄ちゃん！」

「よ、良かったぁ……」

「コトリ、大丈夫？」

　コトリは緊張の糸が切れたのか脱力してしまい、切羽に抱きとめられる。それを見ていたソアラさんの目がなぜかキラキラと輝いている——ダイブビジョンの感情トレース技術もなかなか高精細だ。

「仲が良いって美しい……って、こういうことですよね」

「ま、まあだいたいあってますね。ありがとうございますソアラさん、討伐に参加してくれて」

「いえいえ、私こそ恥ずかしいところを見せちゃって、それでも招き入れてくれるなんて神かな？　って思っちゃいましたよ」

「意地悪なスライムは意地悪ですから仕方ないですね」

「そうなんですよねー、あれだけ注意してたのにうっかり装備の修理を忘れてしまった私って……このままじゃゲーム下手と思われてしまうのでは……？」

「全然そんなことないですよ、ソアラさんの歌すっごく綺麗でした。さっきのＰＶとはまた違う感じで」

「あはは、こうやって直接言ってもらえるとヤバいですねー」

　エアの褒め言葉にソアラさんは照れてしまい、紅潮のエモートを出していた。

『スリープソング』は歌というよりハミングだったが、透き通ったメロディが今も耳に残っている。

「ゲームの中で歌ってもスキルが発動するんですよ、って配信をしようと思ってて。それで練習しようとしてたんですけどね。あわよくば『意地悪なスライム』関係のイベントクエストにも立ち会えないかなって思ってたんです」

「じゃあ、目的は一致してたわけですね。それは良かった」

「……実を言うとですね、ネオシティの近辺なら、噂の猪さんを見かけたりできるかなっていうのもあったんです」

「え……」

ソアラさんは少し照れたように髪をかき上げつつこちらを見る。俺はといえば、彼女に着目される理由が思い当たらない――ネタ装備に見えるというくらいしか。

「やっぱりミラクルって起こるんですよね、こうやって。配信中だったらきっといつもより反響あったと思います、私自身楽しかったですし」

エアたち三人はソアラさんの話を興味深そうに聞いている。俺も配信者と話したりするのは初めてだが、初対面でも緊張などは感じない。

「さっき出た『スライムの鈴』、きっと良いアイテムですよ」

「ソアラさんも入れて、五人で誰が貰うかサイコロでも振りましょうか。ゲームの機能で乱数を出すことはできますし」

「いえいえ、私は純粋なプレイヤーというわけではなくて、いちおう関係者なので。プレイヤーの皆さんが貴重なアイテムを手に入れるのを、見守るのがお仕事というか……ゲーマーとしては気になりますけどね、そこはプロとして割り切らないと」

ソアラさんはそう言って微笑むと、エアたち三人と握手をして、最後に俺とも握手をする。

「今日は本当にありがとうございました。皆さんと会えて良かったです」

「こちらこそ。ユニークモンスターが召喚されたのは、たぶんソアラさんのおかげだと思いますから」

「えっ……それはどういう？」

「ピクシースライムを普通に倒すのは、オープンβのレベルキャップでは難しい。だから特殊勝利条件を満たせるように、状態異常を付与する方法を持っていると遭遇できる……っていうことなんじゃないかと」

「なるほどなるほどー、そういうこともあるかもしれないですね」

この反応を見るに、おそらくソアラさんはピクシースライムの召喚条件を知っていて、意地悪なスライムに『スリープソング』を仕掛けていたということだ。

ギルドでソアラさんのコピーというか、同じ姿をしたＮＰＣを雇って連れてくると、それでピクシースライムの召喚条件を満たせる可能性が出てくる――他のプレイヤーもいずれは攻略法に気づくだろう。

「でも『ファニーチャーミー』があるので、状態異常を付与するのは難しいですよね。ただでさえ私の歌はスライムには通りにくかったので」

「確かにそうですが、敵のレジストを下げられる職もあるはずなので」

「ええっ、それは結構高レベルのスキルじゃないですか？　でもレイトさんならできちゃいそうですね……さっきの氷魔法はすごかったですし」

「本当は、あまり『スキルリーダー』に頼ってもいけないとは思うんですが。さっきのはオフレコということで……」

「絶対言わないです、リアルの猪さんが凄く強い人っていう噂にもなっちゃいますからね。私もそれは普段から気をつけているので」

ビシッ、とソアラさんがポーズを決めながら言う——見ていて真似したくなるのか、エアも何やらうずうずとしている。

「私が装備を壊されちゃった件についても秘密にしておいてくださいね。この装備支給品なので、壊しちゃったとか運営さんに言いづらいんですけど……」

「破損だったらグラフィック的にもそこまで壊れてはいないですし、修理もできますよ」

「な、何ですって……！　ちょっと私このゲームのこと知らなすぎじゃないですか？」

ソアラさんのリアクションはコミカルで、歌っている時は清楚系という印象だが、このギャップが見ていて飽きない。

「あ、あのっ。お兄さん、ソアラさんのファンになっちゃいそうとか……」

「え……ああいや、その、何というか。ソアラさんがどんな配信をしてるか、見てみたくなりました」

「はわっ……またまたー、そんな殺し文句を言って回ってるんですか？　その猪さんのマスクの奥に鋭い眼光を感じますよ？」

「外してみてもまあ普通の顔ですが」

「おおー、思っていた通り知的なお兄さん……いえ、少年……少年と青年のあいだ……？」

マスクを外した俺を見てソアラさんはどう扱っていいか悩んでいる。『お兄さん』というのを訂正したということは、中の人は俺と歳が近いか上なのだろうか。

「私も猪くんみたいに、戦闘中にぎゅんぎゅん頭を回転させてですね、軍師っぽい感じ？　になりたいんですよね。みんなぽんこつ担当みたいに思ってるんですよ、失礼しちゃいます」

本当に怒っているわけではないようだが――いや、半分くらいは怒っているようで、俺に向けて手が出てくる。ぽこぽこと叩かれるがもちろんダメージはない。

そのうち叩くのではなく、ソアラさんの手付きが撫でるような感じになってきた。

「えっ……ええ……？　猪くんの装備、モフモフ感がすごいんですけど……」

触れられている感じがするわけではないが、グラフィック上のこととはいえ毛並みを整えられるような手付きが何ともいえない――そして。

今まで気にしないようにしてきたが、こんな至近距離では破損したソアラさんの防具の下で揺れているものがどうしても目に入ってしまう――というところで。

《警告　桜井ソアラとパーソナルエリアが干渉しています》

「ひんっ……ああ、びっくりした。そうなんです、あまり近づくと警告がきちゃうんですよ。おわかりになりましたか？」

解説しているような振る舞いで誤魔化(ごまか)そうとするソアラさんだが、エアたちにも普通にバレている——だが、三人は空気を読んで突っ込まなかった。優しい世界だ。

「あっ、なんて言ってたらちょっと招集がかかっちゃいました。メンバーの配信に顔を出してきますね、よかったら後でアーカイブを見てみてください。あまり長くは出ないですから、時間は取らせませんから」

「分かりました、後で見てみます」

「本当ですかー？　見てくれたかどうか気になるので、もう一回くらいゲームの中でエンカウントしたいですね、レイト君とは。それじゃ、しーゆーそあらー！」

ソアラさんが手を振りながらログアウトする。NPCとして扱ってほしいという体(てい)を完全に忘れていたようだが、それも暗黙の了解ということで、ここで会ったことは秘密にしなくてはいけない。

「なんていうか、このゲームを全力で楽しんでるって感じだったね。お兄ちゃんのことが気になってたのもそれでかな？」

「……猪くんからレイト君に変わってましたね、呼び方」

「ああっ、切羽ちゃんっ、私がそれ言おうと思ってたのにっ」

「マスクを取っても猪では紛らわしいからじゃないか？　……どうしてそんな目で見るんだ」

「んーん、お兄ちゃんらしいなと思って。ねー」

エアたちは顔を見合わせて楽しそうにしているが、何か落ち着かない感じなのでまたマスクを被る。奇抜な装備のはずが、もう被っているのが普通になってしまった。

「お兄ちゃん、ピクシースライムの持ってた鈴ってどういうアイテムなのかな？」

「『スライムの鈴』か。鈴系のアイテムは、モンスターにつけるんじゃなかったか……ああ、やっぱりそうだな」

《名称：スライムの鈴　スライム系モンスターに渡すことで同行させることができる》
《同行させるには各モンスターに設定された条件を満たす必要があります》
《『サモン』というコマンドでモンスターを召喚、『リターン』で一時的に離脱させることが可能です》
《同行モンスターのステータス、所持スキルなどは敵対しているときとは異なります》

「条件を満たしてたら、このスライムを連れて歩けるんだね」

何が条件かは分からないが、これまでの戦闘で満たしたのだろうか。『スライムの鈴』を渡せる状態になっている。

「パカパカさんたちもいるので、どんどん仲間が増えちゃってますね。大家族みたいです」

「家族……い、いえ、何でもないです。何も想像してないので」

俺は何も言っていないが、なぜか切羽に牽制される。そんな言い方をされると何を想像したのか聞きたくなるが、年下の子を困らせる趣味はない。

「じゃあ、早速渡してみるか」

「キューンッ」

スライムが鳴き声を発する――そして俺の差し出した『スライムの鈴』は、ピクシースライムの身体の中に吸い込まれた。

ピクシースライムの身体が発光を始める。どんどん小さくなり、手のひらに乗るくらいのサイズになる――そして。

《レイトのパーティにピクシースライムが同行》

《ピクシースライムのニックネームを設定しますか？》

「名前はピクシーだから、ピイちゃんで良さそうかな？」

「ああ、そうだな。よろしくな、ピイ」

「ピィッ！」

ピクシースライムのピイはエアの肩の上、そしてコトリの肩の上に乗り、最後に切羽の――こともあろうに、胸の上に着地した。

《ピクシースライムのステータスが変更されました》

レベル10から3になり、ＨＰなどもかなり少なくなったが、見た目よりは強いとも言える。

「……可愛いけど、ここが一番安定するの？」

「切羽ちゃんもいいけどこっちもいつでもウェルカムだよー」

「私もいつでも大丈夫ですよー」

「ふ、二人とも、私は独り占めしないから……っ」

そんな三人のやり取りの中で、ピイは完全に落ち着いてしまったらしく、切羽の胸の上から動かない――ある意味不具合かもしれないが、報告するほどでもないか。

「よし、今日はクエストもこなせたし街に戻るか」

「はーい……あれ？　お兄ちゃん、何か忘れてる気がしない？」

「ああ、ファーストキルのボーナスってやつだけど……今のとこ何もないみたいなんだよな」

「秘密の何かが貰えたってことでしょうか？」

「うーん、どうだろう」

まだ気づいていないだけかもしれないが、俺たちが初めて討伐したのなら、報酬をまだ設定していなかったというのも考えられる。

次にログインしても何もなかったら、運営に問い合わせてみることにしよう——サブＧＭのリュシオンさんに聞いてみるのもいいかもしれない。

ひとまずユニークモンスターの経験値でレベルも上げられることだし、俺たちはパカパカを呼んで移動を始めた。ネオシティまでの道には『意地悪なスライム』が再び出現していて、クエストに挑むパーティも増えていた——『ねくすとクラス』の姿をしたＮＰＣを連れている人たちもいるが、ソアラさん以外のメンバーも仲間に入れられるらしい。

「……『他のソアラさん』たちは、どうやらポンコツに設定されてるらしいな」

「あ、あはは……ソアラさんが見たらショック受けちゃうかな」

状態異常の付与に失敗して七転八倒する、ソアラさんの姿のＮＰＣたち——しかしそういうキャラ付けだと受け入れられているのか、結構盛り上がっている。

彼らも上手くいけばいいのだが、と祈っておく。ふと見ると、パカパカの上でコトリが眠そうにしていた。かなり熱中してしまったが、時間的にもそろそろ休んだ方が良さそうだ。

～某掲示板　22：45～

58：ＶＲ世界の名無しさん
ローズさん一生連れ回したい
アスボのＮＰＣってこんなに出来いいのかよ

75：ＶＲ世界の名無しさん
寝転がってユウギリちゃん呼んだけど
俺の上を歩いてくれない
おしとやかなＡＩだね

82：ＶＲ世界の名無しさん
＞＞75
その発想はなかった

89：ＶＲ世界の名無しさん
ああああああ
なんで推しに装備を貢げないの？
装備課金で搾り取ってもいいのよ？

105：ＶＲ世界の名無しさん
見た目装備出されたらガチャ回すわ
とりあえずメイド服出せよあくしろよ

112：ＶＲ世界の名無しさん
ＮＰＣ自体がガチャになるんだろ
レベル固定で出してきそう

123：ＶＲ世界の名無しさん
オープンβでＮＰＣ入れられるの罠だろ
絶対沼るわ

１３８：ＶＲ世界の名無しさん
男性メンバーも結構強いな……
アニキって呼びそうになっちゃった

１５２：ＶＲ世界の名無しさん
とりあえず全員一回ずつ加入させてみるよなｗ

１６７：ＶＲ世界の名無しさん
まだイベクエの攻略って出揃ってない？

１７１：ＶＲ世界の名無しさん
＞＞１６７
３までは出てる
４以降は配信で挑戦してるやつがちらほら

１７８：ＶＲ世界の名無しさん

たぶんイベクエ５クリアしたやつ見たわ
猪の頭したやつ

１８５：ＶＲ世界の名無しさん
＞＞１７８
猪！

１９３：ＶＲ世界の名無しさん
＞＞１７８
まーた猪がやらかしたのか

２１１：ＶＲ世界の名無しさん
猪が連れてたＮＰＣって誰だった？

２１９：ＶＲ世界の名無しさん
＞＞２１１
そありんかな？

ちょっと遠かったしすぐいなくなっちゃったけど

２２５：ＶＲ世界の名無しさん
そありんなら今俺の横で配信してるよ

２３４：ＶＲ世界の名無しさん
中の人を仲間にできるのかと思ったｗ
いや、ありえなくはないか？

２４５：ＶＲ世界の名無しさん
ブロッサムが配信で普通に一般パーティはいってたよ

２５３：ＶＲ世界の名無しさん
パンティはいてたように空目したわ
疲れてるのかもしれん……

２６２：ＶＲ世界の名無しさん

>>253
>>253

271：VR世界の名無しさん
イベクエ5どうやってクリアすんの？
スライムに攻撃され続けてみたけど
何も起きなかった

278：VR世界の名無しさん
装備品剝がれちゃうじゃん

285：VR世界の名無しさん
ねくすとのNPCを連れてけばいいってこと？
スライムに攻撃されても装備壊れないよね？

293：VR世界の名無しさん
なんかねくすとのメンバーって

みんな毒とか眠りとか持ってない？

３０２：ＶＲ世界の名無しさん
＞＞２９３
それっぽいな
でもスライムって状態異常になるか？

３１１：ＶＲ世界の名無しさん
そういえば
猪って人の仲間が羽根の生えたスライム連れてたわ

３１８：ＶＲ世界の名無しさん
＞＞３１１
金色のスライムかな？

３２３：ＶＲ世界の名無しさん
胸にピンクのスライム乗ってたわ

ガン見はしてないぞ、念のため

332：ＶＲ世界の名無しさん
＞＞323
なるほど
スライム仲間にしたらＮＰＣの胸に乗せればいいのか

340：ＶＲ世界の名無しさん
みんなイベントクエストより違うこと気になってて草

第二章　変動の予兆　朱鷺崎Ｇ04領域

１　特別探索許可

翌朝になり、朝食を摂ったあとで妹たちは出かけていった。今日の昼も一緒に遊んで、コトリの家に泊まることになっているらしい。仲が良いのはいいことなので、何かあったら連絡するようにとだけ伝えておく。

『――昨日、朱鷺崎市西部の管理特異領域Ｆ19において一時的にＢ級警報が発令された件について続報ですが、付近住民の避難勧告が解除されました』

交流戦の試合会場周辺では、そんなことになっていたらしい――討伐隊はイオリの出現を重く見ていたので、当然といえばそうだ。

Ｂ級警報と言われているが、討伐隊の隊員は暫定でＡ級と言っていた。情報が統制されているのか、あくまで暫定だったのか。現時点ではどちらとも言えない。

『関連するお知らせですが、公示されていました一部特異領域における特別探索許可期間は予定に変更なく開始されます。安全確保のため、該当する区域周辺では交通の混雑回避のために皆様のご協力をお願い致します』

「……特別探索許可、か」

民間で魔物討伐を行う人たち——討伐者は、特異領域に自ら入って魔物を討伐している。だが、常に全ての領域が出入り自由ではないようだ。

特異領域から魔物が出てきてしまったりするのを防ぐために、管理下に置かれている。それならば、特異領域自体をなくしてしまうことはできないのだろうか。

(旧アストラルボーダーでは、クリアしたダンジョンのモンスター発生を止めて通常エリアにすることもできた。それは、この現実でもできたりするのか？)

魔物を倒すことは訓練にもなるし、得られるものもある。しかし特異領域が存在する限り周辺に危険があるなら、数を減らすに越したことはない——と、考えている途中で電話がかかってきた。

雪理かと思ったが、名前欄には灰島先生と表示されている。何かあったのだろうか。

「はい、神崎です」

『やあ、お早う。昨日の話は聞いたよ、大変だったみたいだね』

「……その話なんですが。灰島先生は、あの特異領域で起きたことについてどれくらい把握していますか」

『一般に出ている情報ではB級警報となっているが、あれはA級……いや、討伐隊に基準が設定されていないだけで、それ以上の敵が出現したと言えるだろう。データを受け取った綾瀬（あやせ）さんも深刻に受け止めていたよ』

「灰島先生、俺はあの時出現した相手と、もう一度会わなければいけない。魔物として判別されたとしても、本当は戦う必要はない……そう思っています」

灰島先生はすぐには返事をしなかった。俺の言葉の真意を測っている――それは仕方のないことだ。

『実は、戦闘中の映像が残っている。撮影できる範囲ギリギリだったから、かなりぼやけているけどね。神崎君、君が戦った相手は人型だった』

「……はい。彼女は、人間です。俺は、彼女があんな姿じゃなかった頃のことを知っています」

どこまで灰島先生を信頼できるのかは分からない。まだ会ったばかりで、話した機会も少ない――だが何もかもを隠していたら、灰島先生と共有できる情報は少なくなる。

『そういうケースは初めてじゃない。君ももう分かっていると思うが、ウィステリア・藤崎（ふじさき）さんのように、人間が魔物によって操作、あるいは利用されてしまうということは少なくないんだ。いわゆる『憑依（ひょうい）』現象だが、これについては前から問題視されている』

「ウィステリアの時は、助けることができました。でも……俺が今持っている方法で助けられないようなことがあるなら、違うやり方も探しておかなければいけない」

『力比べで倒せば大人しくはなるが、依代（よりしろ）から自主的に出ていくなんて期待はできないからね。

憑依した魔物を引っ張り出し、魔石の類に封印する……魔物が強力であるほど、強力な媒体が必要だ』

「灰島先生は『錬魔石』以上の媒体について知っていますか？　できれば、今のうちに入手しておきたいんですが……」

『それは僕よりも詳しい人間がいるね。民間で「祓魔師」をやっている人だが、良ければ紹介しようか？』

祓魔師――そういう職業の人には旧アストラルボーダーでも会ったことがない。悪魔系の魔物に対抗する力を持っているという意味では、ミアの『聖女』もそうだったが。

「できれば、一度お話を伺いたいです」

そう返答すると、パソコンのキーを叩く音が聞こえてくる。灰島先生はノートパソコンを使いながら電話しているようだ。

『すまない、ちょっと状況確認をしてみた……彼らは賞金稼ぎのようなことをしていてね、特異領域に出入りしている。今日もその予定だろうね』

「特異領域……というと、今特別探索許可っていうのが出ているところですか？」

『さすが神崎君だ、そういう方面にアンテナが立っているね。うちの学園の生徒も自主的に行く人はいるんじゃないかな？　浅い階層までなら危険は薄いし、学園管理のゾーンとは違う収穫が得られるからね』

「俺はAランク討伐参加資格を持っているので、その範囲で探索できる……ということになりませんか？」

『魔物の強さに対応できるか、それで潜れる範囲は変わるからね。神崎君の言う通りだが、ゾーンに入るなら奥まで行かないと気がすまないとか？』

「いえ、学園のゾーンでも奥までは行ってませんから。祓魔師の人が奥に行っているのなら、浅いところまででは困るので」

『ルールを遵守するその姿勢に敬意を表するよ。Aランク討伐参加資格を持つ人は、事実上その行動を制限できないからね。君が憑依される危険があるから、なんて言って引き止めることもできないんだ』

そう言われてみて理解する――『憑依』の能力を持つ魔物がいるとは限らないが、遭遇したときは俺だけでなく、同行者に危険が及ぶ。

「そういう危険があると分かっていれば、対策は打てます。祓魔師の人と話すのも参考になると思いますし……錬魔石より強力な媒体は、どうしても必要なんです」

『うん、了解した。管理特異領域G04、そこで行われるフリー探索に参加しているはずだ。入場は15時まで、退場については適宜となっているので実質制限はない』

「え……Gって、危険度みたいなものを示してるんですよね？　学園の『洞窟』と同じくらいってことですか？」

『浅い層はね。その領域は『遺跡』とも呼ばれているんだが……ここから先は、綾瀬さんからも話を聞いてもらいたい。彼女は現地にいるから、そこで話を聞いてくれるかな』

「は、はい……分かりました。灰島先生はどうされるんですか？」

『僕も可能であればＧ04に行くが、その前に野暮用(やぼよう)が入っていてね。祓魔師については斑鳩(いかるが)という人で、姉妹二人組と少年の三人で組んでいる』

「斑鳩さん……分かりました、ありがとうございます。俺も可能なら行ってみます」

灰島先生との通話が切れる。イカルガという名前はスマホのメモに書き込んでおくが、特徴的なのでそうそう忘れることはないだろう。

続いて雪理からも電話がかかってきたので、すぐに出る。

『っ……お、おはよう。1コールで出るなんて、早いのね』

「ああ、ずっと待ってたからな」

『……あなたのことだから、本当に言葉通りの意味なのでしょうけど。ちょっと心臓に悪いわね』

「だ、大丈夫か？　動悸(どうき)がするとかだったら……」

『いえ、こちらのコンディションの話よ。お蔭様(かげさま)で元気だし、昨日言っていた通り訓練でも実戦でも、どちらでも出られるけれど……玲人(れいと)の希望は？』

「ああ、ちょうどさっきテレビで見てたんだけど、今って市内の特異領域(ゾーン)に入れるみたいだな」

『そうね、うちの生徒でも行く人はいるかもしれないわね。外部での討伐実績も成績に含まれるし、そのうち実習でも行くことにはなるから……玲人、今日はそこに行きたいの？』

「ああ、ちょっと会いたい人がいて。『祓魔師』って職業の、斑鳩という人を探しに行きたいんだ」

俺は斑鳩さんのことを灰島先生に聞いた経緯を雪理に伝える。彼女は興味深そうに相槌を打つ。

「というわけなんだけど……錬魔石以上の媒体が手に入るとは限らないけど、準備はしておきたいんだ」

『事情は把握できたわ。入場時間までにはまだ余裕があるとして、メンバーはどうする？　黒栖さんはもううちに招いて、居間で坂下とお茶を飲んでいるけれど』

黒栖さんもかなりの早起きだ。そして坂下さんと一緒に和やかに過ごしている光景――今までそこまで親しくしている感じでもなかったので、とても気になるし、どこか嬉しくもある。

「せっかくの休日だけど、ゾーンに行きたいって人は結構いたりするのかな」

『少しでも腕を磨きたいという人はいるわね。伊那さんもできる範囲で同行したいと言っていたし……そうなると、彼女の仲間たちも友達甲斐があるのよね』

「ははは……みんな自主的に集まるってことか。俺はやることがあるから、ちょっと自由に動かせてもらうけど」

『私と黒栖さんもついていくわね、そういう心積もりでいたから。置いていったりしたら怒るわよ』

「ああ、勿論(もちろん)。怒られるのは、怖いからな」

『……なんだかあやされているみたいなのだけど。私とあなたは同い年だっていうこと、忘れないでね』

念を押すようにそう言われたあと、通話が切れる。今日の予定は決まった——しかし民間の討伐者(バスター)が出入りするゾーンには、どんな装備で行くのが適切なのだろう。

そんなわけで、俺は恥(はじ)を忍んでイズミに頼み、もう一度雪理に繋(つな)いでもらう。

『装備……そうね、私はプロテクターを着けるつもりでいるけれど』

「プロテクターの下は訓練服か、それともスーツか……」

『民間では装備はこれという決まりはないのだけど『強化服』を着ている人は多いみたいね。特殊素材のスーツでもいいし、防御面ではそちらが上だけれど。軍用のものも密着型のスーツタイプだものね』

身体(からだ)のラインが思い切り出るあのスーツで、学園外部のゾーンに入る——それは何というか、少し葛藤(かっとう)がある。

『職業によって性能を引き出せる装備にも違いがあるから、黒栖さんはあのレオタードが適切ではあるのだけど……学園外に出るのは少し気になるわね』

「っ……お、俺の考えてることって、そんなに分かりやすいかな」

『私の中でも個人的に懸案としてあったことなのよ。剣士の装備はそれほど……その、恥ずかしくはないのだけど、スーツ自体は、自分では気にしていなかったけれど、玲人と手合わせをしていると……』

「くっ……ご、ごめん。これからはそういう視線では絶対見ないし、雑念を魔法で常に封じていようと思う」

『っ……そこまではしなくていいの、責めているわけじゃないのだから。必要な時はこれまで通りスーツを装備するけれど、他の装備も用意しておきたいということね』

「そうなるとファクトリーに行った方がいいか。装備の類は町では買えないし」

『学校以外でも購入できないと民間で手に入らないから、販売はされていると思うけれど。それについては調べておくわね……今日のところはファクトリーで相談しましょうか』

◆◇◆

ファクトリーというと古都先輩に相談できるといいが、休日なので迷惑がかからないだろうか――と思いつつ電話をすると、彼女は今日も学園にいるとのことだった。

俺も自転車で学園まで行き、そこで雪理と黒栖さん、坂下さんと合流する。ファクトリーを訪ねると、正面入口は休日なので鍵がかかっていたが、古都先輩が裏口から出てきて案内してくれた。

「外部のゾーンに行く時の装備品ですね、かしこまりました。加工生産ではなく、在庫品でよろしいですか？」

「はい、お願いします。プロテクターはそのまま使えるので、下に着るもののバリエーションが欲しいと思っていて」

「そうですね、スーツタイプの防具は特殊素材ですので斬撃・衝撃・熱・冷気・電気に耐性がありますが、問題点は成長期にはサイズ調整がこまめに必要になるということです。伸縮性があるので多少は平気なんですが」

古都先輩が見ているのは雪理と黒栖さんの胸――まさかこの短期間で成長しているというのだろうか。

「え、ええと……そうですね、少し……で、でも、ワイバーンレオタードは凄く良い装備なんです、それは間違いないんですけど」

「常にレオタードよりは、選択肢があった方が良いですよね。こちらは通常の制服をベースにしたタイプの強化服になります。足についてはタイツで露出部分をカバーしますが、こちらのタイツは魔物素材の繊維でできています。肌触りはシルクに近いですね」

先輩が出してくれたカタログは試作品のようだが、雪理と黒栖さんが今着ている制服と同じ型になっている。俺の制服についても用意されていた。

「防具としての性能に特化したものも開発する計画がありますが、これも一つの提案になります。通常の制服より高価ですので、生徒全員が装備するわけにもいかないんですが。これに比べると訓練用スーツは量産ができているので安価になっているんです」

「高級制服という感じですか。わかりました、これでお願いします」

「古都先輩、請求は私に回していただけますか？」

「いえいえ、こちらは装備開発のためにデータの収集をさせていただけましたら、代金などは必要ありません。玲くんには……いえ、神崎くんには、すでにファクトリーに対して投資をしてもらっていますし」

『玲くん』という呼び方に雪理たちが敏感に反応する——俺は『帆波姉ちゃん』という呼び方は封印しているので、こちらに落ち度はないと思いたい。

「あの……古都先輩は、玲人と前からお知り合いとか？」

「あ……い、いえ。購買部で初めて神崎くんに会って、お昼のパンを買っていただいたのが初めてですよ？」

「それにしては少し、親密さが……いえ、何でもありません。一つお聞きしたいのですが、こちらは女子制服のタイプしかないのでしょうか？」

「はい、今のところは。坂下さんは男子制服だとサイズが大きくなってしまいますね」

「揺子はいつもの装いにこだわりがあるものね」

「坂下さんの着ている服をベースにした強化服をオーダーしておいて、今回は……どうしようか」

「とりあえず、今試着できるものを出してもらいましょうか」

「かしこまりました」

雪理に勧められ、三人が席を立つ——どうやら試着に行くらしい。水着のときといい、一人残されるとどうにも落ち着かない。

「ふふっ……ごめんね、つい玲くんって言っちゃった」

「……あっ。もしかして古都先輩、わざと言ったんじゃないですか」

「ううん、そんなことはないんだけどね。そうやって神崎くんの慌てるところは、見たかったかもしれないです」

それはわざとだと言ってるようなものだが、古都先輩の笑顔を見ているとそれ以上何も言えなくなる。

『旧アストラルボーダー』にログインする前の『帆波姉ちゃん』と、目の前にいる古都先輩は違う経緯を辿っている。

それでも俺がゲームにログインする前の現実と、この現実との間に繋がりが全くないわけじゃないと示してくれているのが、彼女の存在だ。

「中学校の時の神崎くんはどんなだったのかなって、気になったりもしてます。私が知ってるあなたとは、すごく変わったと思うから」

「ただのゲーム好きで、特に変わったこともなかったですよ。人付き合いは苦手だったし、今も本質的には変わってないんです」

「ゲームの中でも、学校でも、気が合う人を見つけるのは奇跡みたいなことです。でも、そういう出会いがあったら嬉しいですよね」

「……それは、確かにそうですね」

「私がこうして神崎くんと一緒にいるのも、それくらいのことだと私は思ってますから」

「はい……えっ？」

　何気なく返事をして、何か重大なことを流してしまった気がして――だが、古都先輩は人差し指を立てて、俺にそれ以上聞かせなかった。

「お姉さんは神崎くんに協力できることがあって、嬉しいな……と思っています。これからもよろしくお願いしますね」

「は、はい。よろしくお願いします」

「では……神崎くんも試着をしてみますか？　ちゃんと着られているか、私が見てあげますから」

「……帆波姉ちゃん、それはまたからかってない？」

「ふふっ、ちょっとからかってます。私、先輩なので」

俺が呼び方を変えても古都先輩は怒らなかった。そして普通に男子の試着室にまで案内してくれて、俺に強化服を渡してくれる。

「大丈夫ですよ、カーテンで仕切りますから。私は向こう側にいるので、忌憚のない感想を聞かせてくださいね」

なぜ同じ部屋にいる必要があるのか。女子からも感想を聞いたほうがいいのでは——と思ったが、笑顔の古都先輩にはそれを言わせない圧力というか、そういうものがあった。

2　格闘する従者

ファクトリーの女性用試着室に入った雪理たちは、それぞれ強化型の制服を渡され、まずどのようなものかを確かめていた。

「ふうん……いつもの制服とは違って、戦闘用という感じはするわね。スノウ、この服の性能について説明してくれる？」

《名称：強化女子制服乙型　風峰学園ファクトリー製　製造ナンバー01010192》

雪理が腕につけたコネクターに問いかけると、ＡＩのスノウが返答する。

《新素材であるミスティシルクを使用　繊維組成については機密コードとなります》

《通常制服より防御性能が上昇　耐衝撃試験ではコインビーストの体当たりを百回受けても破損せず　耐斬撃試験では――》

「すごい……物凄く頑丈にできてるんですね」

「普通の制服では破れてしまうような場面でも、平気ということになるわね」

雪理が思い出すのは、オークロードに攻撃を反射されて制服が破れてしまったときのことだった――玲人に助けられたときもはだけていたと思い出し、顔が熱くなってしまう。

「お嬢様、冷房の温度を調節いたしましょうか」

「いえ、暑くはないのだけど……私のことは気にしないで、大丈夫よ」

試着室の鏡を見て雪理は頬が紅潮していることに気づき、自分の手で押さえる。揺子はその動揺を察して、自らも頬を赤らめた。

「このミスティシルクは、何からできてるんでしょうか？」

「絹だから、蚕から取れるんでしょうね。ファクトリーで養殖に成功した魔物の素材……ということかしら」

「蚕というと……虫ですので、少し気になりますが。良質な繊維を得られるのであれば、むしろ感謝しなければいけませんね」

「養蚕を学校でしているなんて凄いですね。でも、育てていたら羽化しちゃったりするんじゃ……」

「その対策ができているから、こうして製品化できているんでしょうね。着てみましょう」

雪理たちはそれぞれ服を脱ぐと、強化型の制服に袖を通す。

「重さも変わらないし、なかなかいいわね。制服は制服で、外部のゾーンに行くと目立ちそうではあるけれど」

「……あ、あれ？」

恋詠はシャツのボタンを留めようとして、ギリギリ届かずに苦戦している——なんとかぎゅっと胸を収めることに成功するが、今にもボタンが飛びそうな状態になっていた。

「……あなた、現在進行形で成長しているのね」

「い、いえっ、そんな……いつも着ている制服は少し大きめにしたので、この制服だと少し……」

「黒栖さんは胸回りを大きく作る必要があるでしょうから、現状はひとつ上のサイズにするのが良さそうですね……」

「揺子、人の心配よりもあなたのサイズは大丈夫なの？」

「っ……も、申し訳ありません。では、早速着用させていただいて……」

　揺子は帆波に渡された、服の入ったケースを開ける――すると、そこには。

「……これも強化制服……ということでしょうか？」

「これも試作品ということでしょうけれど……今試着できるものは、これしかないのかしら」

《名称：強化女子制服従者乙型　風峰学園ファクトリー製　製造ナンバー０１０１９４》
《本製品は『従者』『女性』である場合のみ、装備性能を引き出せるものとなっております》
《『従者』に該当（がいとう）する条件は、仕えている主人がいることです。これは『パーティ編制』による個人の能力強化について研究された結果、エビデンスが確認されました》

「……エビデンスがあるということであれば、この装備をすることに必然はあると、そういうことになるでしょうか」

「けれど、その……スーツ型の防具で人目を引かないようにと思ってここに来たのに、これはこれで違う興味を引いてしまう気はするわね……」

　雪理は真剣に揺子のことを案じている――恋詠は自分のことのように顔を赤くしている。

「そ、その……その服って、メイドさんが着る服……ですよね？」

　恐る恐る指摘する恋詠。揺子はその服を胸元に抱き寄せるようにしながら、真っ直ぐな目で恋詠を見た。

「コインビーストの体当たりに耐える高性能な防具……それを提示されて装備しないというのは、言うなれば逃げになります」

「そ、そうでしょうか……？」

「……外に出ても恥ずかしくはないデザインだと思うのだけど、私の従者ということでそういったタイプの制服を着ているというのは……いいのかしら」

「むしろ、それは誇るべきことですので全く問題はありません。しかし……いつも着ている服と比べると、少しだけ慣れないという心配はありますね」

「す、少しだけですか……？」

恋詠に聞かれて、揺子はさすがに本音を隠しきれずに赤面する——だが、その決意は揺らがなかった。

「ものは試しでございます。それにいつもと違う装い（よそおい）であれば、私であると同定される可能性はなくなりますし」

「それはそうね……でも、本当にいいの？　私の制服と替えてもいいけれど……」

「っ……お、お嬢様がメイド服などお召しになられては、それこそ私の責任問題となります。いいえ、メイド服でなく、従者乙型の制服でございますが」

「この形になったことには何か意味があるかもしれないということね。あなたの気持ちは分かったわ、揺子。玲人を待たせてもいけないし、早速装備しましょう」

意見はまとまり、揺子は先に着替えた二人にも協力してもらって強化制服を身につける。

「ちょっとスカートが短いですけど、これは動きやすいようにっていうことでしょうか」

「そのあたりは考えられているみたいね。ガーターベルトってどうやって着けるのかしら……」

「説明がついておりますね。必須ではないと思うのですが、郷に入っては郷に従わねばなりません」

三人は至極真面目に従者用の制服と向き合い、そして着付けを終える。するとドアがノックされて、帆波が試着室に入ってきた。

「ああ……っ、皆さん凄く似合っていらっしゃいますね！」

「あ、ありがとうございます……っ、でも、その、ご相談したいことが……っ、きゃあっ！」

ばんっ、と破裂するような音がする——恋詠がセーターの下に着ているシャツの胸のボタンが弾け飛んで、ころころと試着室の床を転がった。

「も、申し訳ありませんお客様……っ、こちらの服の不具合でおっぱいが爆発をなさってしまって……っ」

「だ、大丈夫です、爆発はしてないです、こちらこそすみません、せっかくの服が……っ」

「もう一つ上のサイズがございますので、すぐお持ちいたしますね。折倉さんと坂下さんは……ああっ……!?」

「っ……古都先輩、私の服、何か着用の仕方が間違っていたとか……」

「いえ、『従者型制服』についてはどのようなデザインか私も初めて見ますので……これは学園の制服というより、お屋敷勤めの装いですね。それも本格的な」

試着室にひとときの静寂が訪れる。揺子は雪理を見るが、雪理は何かに気づいたというような顔をする。

「似合うのなら、それでいいのではないかしら。揺子は男装も似合うけれど、女性の格好をしても全く問題はないのだし」

「は、はっ……大変恐縮です」

「そうですね、似合うのなら問題はありませんね。他にも従者の生徒さんはいますので、このまま開発を進めようと思います」

「防具としても優れていますからね、素敵ですよね」

こうして揺子の装備品はメイド服に変更となったが――もちろんそれに最も動揺することになるのは、後で顔を合わせることになる玲人だった。

３　バディの内心

強化制服を一度着てみたあと、古都先輩に調整してもらう。

先輩は雪理たちのところにも行ってサイズが合うか確認したあと、短時間で調整を終えて、彼女たちの着替えが終わるまではロビーで一緒にいてくれた。

「先輩、すごい手際(てぎわ)ですね。あんなに早く服の調整ってできるものなんですか？」

「ファクトリーに出ている人の中に『デザイナー』という職の人がいて、スキルを使用してもらっています。もちろん『職業』としてのデザイナーということで、それをお仕事にしている方とは異なりますが」

服飾関連のスキル——生産職はもちろん『旧アストラルボーダー』にもあって、他プレイヤーの世話になる機会は少なくなかった。

「へえ……その人はいつから『デザイナー』の才能に気づいたんですか？」

「昔から絵を描いたりするのが好きだったそうなんですけど、その延長だそうです。作ったものに魔力を宿せることに気づいたみたいで……私の職業もそれに近いですね」

「確かに今サイズを合わせてもらっただけでも、普通の制服よりしっくりくる感じがしますね。魔力を込めるスキルのおかげかな」

「こういう効果はしばらく持つみたいです。素材によって防御力が上がったり、他の効果があったりするみたいなんですが」

《名称：強化男子制服従者甲型(こうがた)　風峰学園ファクトリー製　製造ナンバー010190》

《付与効果：防御力上昇》

「俺のブレイサーも特殊な効果があるって教えてくれてますね」

「えっ……そんな機能があるんですか？　神崎くんの持っているコネクターは確かに、他の人とは形が違いますね……エルゴノミクス、っていうんでしょうか」

人間工学(エルゴノミクス)と古都先輩は表現したが、有機的な曲線の多い形をしているからだろう。そして俺のブレイサーのＡＩであるイズミは、やはり通常のコネクターに搭載(とうさい)されているＡＩとは異なっているようだ。

「このブレイサーがどこで製造されたか、調べる方法ってありますか？」

「学園で支給されているコネクターの製造メーカーはＲＡＺＺ(ラーズ)と言います。国内でのシェアの８割を占(し)めているんですが……私の知る限り、この型のものは見たことがありません」

「ということは、そのラーズの製品ではないってことですか？」

「もしくは、ラーズの表に出ていない製品……試作品かもしれません。風峰(かざみね)学園の性質上、そういったものを一部生徒に供与することは考えられますから」

先輩はそう言いながら、タブレットで『ラーズ』のサイトを見せてくれた。彼女が画面をスライドさせると、そこには『ＯＲＩＫＵＲＡ』の文字がある。

「折倉……ってことは……」

「ラーズは折倉グループの傘下にあります。折倉さんのお家は、朱鷺崎だけでなく各地に広く影響力を持っているんです」

「っ……そんなに大きい家だったんですか」

「彼女が皆から慕われているのは、お家のこともそうですが、ご自身の努力で首席の成績を収めているからです。私も折倉さんを見る度に、彼女がキラキラ光って見えるというか……それくらいのオーラを感じています」

「俺も彼女を見てるとそう思うことはあります。本当なら住む世界が違うような人が、違う科とはいえ同じ学園に通っているっていうのは凄いことですよね」

坂下さんや唐沢を連れて歩く雪理の姿を、本来なら遠くから見ているだけだっただろう――あの日オークロードと戦うために公園に向かわなければ、そうなっていた。

「私は神崎くんと折倉さんのことを、自分で見た部分しか知りませんが……あなたが彼女の信頼をどれだけ得ているのかは、見ていて分かるつもりです。まだ出会ってからそんなに経っていないはずなのに」

「言われてみればそうですね。一緒にいる時間は、色々あって長く感じますが」

「連休も一緒なくらいですし、バディにも登録されていますしね。制度としては可能なことですけど、珍しいですよ？　二人とバディ登録をするなんて」

「やっぱりそうなんですか。雪理と一緒にゾーンに入るために必要だったので登録したんです。

科が違っても色々と便宜（べんぎ）が図れるんですね、バディを組むと……な、なんで笑ってるんですか」

「いえいえ、やっぱりこういうお話を聞くと潤いが出ますね。できればもっと詳しく聞きたいくらいです」

古都先輩はやけに楽しそうにしている――言い訳をしているわけではないのだが。

「バディに限らなくても、神崎くんがリーダーをするのであれば、パーティの一員の人たちとは一緒に特異領域（ゾーン）に入ることができますね」

「それは責任重大ですね……リーダーか、そうか……」

「神崎くんは自然にリーダーとして振る舞っているので、大丈夫ですよ」

古都先輩は少し背伸びをして、俺の頭を撫（な）でてくれる――もちろん照れるものがあるが、俺よりも先輩の方が照れてしまっていた。

――神崎班の発足ですね。よろしくお願いします、リーダー。

――はい、お兄ちゃん……レイト君が私たちのリーダーです。

俺のことをそう呼んでくれる皆の信頼を、絶対に裏切らない。休日の探索であってもゾーンは魔物の出る領域だ――心構えはしすぎるくらいでいい。

古都先輩と話した限りでは、普段着ている制服の強化版をみんな身につけることになるはずだったのだが——雪理、黒栖さんはいいとして、最後に更衣室から出てきた坂下さんは思いもよらない格好をしていた。

「……お待たせして申し訳ありません、神崎様」

「い、いや、それは気にしないでいいんだけど……その装備のことは聞いてもいいのかな？」

「っ……やはりお見苦しかったでしょうか」

普段は男性物の制服を着ている坂下さんだが、俺の目に異変が生じたのか、全く違う服を着ているように見える。

『玲人様のバイタルは正常です。視力にも問題はありません』

イズミはそう言うが、それでも受け入れがたい——似合っていないとかそういうことじゃなくて、それこそこの衣装はゲームの中でしか見られないようなものだ。

「……どうしてメイド服を？」

「メイド服じゃなくて、従者乙型の制服よ。揺子が着ると性能を引き出せるみたい」

「は、はい。メイド服ではありません、私が趣味で着ているということもありませんので、それはあしからず」

「でも凄く可愛い（かわい）ですよね。玲人さんもじっと見てますし……」

凝視してはいけないと思うが、今更実感する。女子が可愛い服装をすると、普通に目を惹（ひ）かれてしまうものなのだと。

「……私も普通の制服より、こっちの方が良かったかしら」

「従者型制服ではなくて、形がエプロンドレスの装備ということですか？　オーダーメイドで作ることになりますが……メイド服だけに」

「ふふっ……あっ、す、すみません……」

古都先輩の繰り出した冗談でややウケている黒栖さん。二人は意外に笑いの波長が合っているのかもしれない――二人の間に和やかな空気が流れている。

「できれば防具としての性能も両立しなければ……というより、ファクトリーでは基本的に実用的な性能を重視しているので、そのための素材が必要になりますね」

「新しい繊維系の素材が手に入ったら、また新しい防具の作成をお願いします。この強化服に使われている以上のものは、なかなか見つかりそうにないですが」

「魔物素材は未知のものばかりですので、日進月歩なんです。強力な素材が見つかって、それが継続的な入手の困難なものだったりすると、それはもう物凄く高価になりますし」

「せっかく休日を使ってゾーンに行くので、できるだけいい素材を手に入れられるように頑張ります」

「はい、ファクトリーの一同でお待ちしています」

連休中なのにファクトリーには古都先輩以外の人たちもいた――みんなで俺たちの持ち込む

素材を楽しみにしているらしい。その期待に応えられるといいのだが。

雪理の家の車で移動することになっているので、学園の正門前に向かう。その途中で雪理が隣に並んできた。

「……玲人、私たちが出てくる前なのだけど」

「え……あ、ああ。ちょっと先輩と話してたんだけど、もしかして聞こえてたかな」

「っ……盗み聞きとかそういうわけじゃないのよ、少し聞こえてしまっただけ」

それはどこまで聞こえていたのか——少し恥ずかしくなるようなことも言ってしまっていた気もする。

「……私のいないところで、私をどう思っているのかが少し分かって、嬉しかったというだけ。それだけよ」

「え……」

雪理はそれだけ言って、前を歩いている黒栖さんと坂下さんに追いつき、話しながら歩いていく。

さっきから俺の後ろについてきているのはなぜだろうと思っていたが、今のを伝えておきたかったということか。

『玲人様、心拍数と体温が上昇されているようですが——』

イズミが律儀(りちぎ)に教えてくれているが、なんとなく楽しそうな声に聞こえるのは、おそらく俺の気のせいではないだろう。

4　領域前拠点

朱鷺崎市の北部に『管理特異領域G04』がある。スマホの地図で見るとかなりの範囲が空白になっていて、ゾーンの入り口は思ったよりも多くの人で賑わっていた。

折倉家の運転手である角南さんがマイクロバスを停めたのは、特異領域に入る人々が利用できるように整備された広い駐車場だった。その他さまざまな準備をサポートするためか、必需品を販売しているショップがあったりと、小さな街のようになっている。

「非殺傷弾でなくても買えるのか。銃器の携帯についてはルールがあるようだが」

「僕らの銃は大丈夫だろう。問題になってくるのはグレネードなどの他者を巻き込む危険のある武器だ」

唐沢と伊那班の三人、そして姉崎さんと幾島さんも集合している。彼らは自分で選んだ装備をして来ていた。

「おはようございます……いえ、もうこんにちはですわね。神崎さん」

「私たちも呼んでもらえて嬉しいです、先生……それはそれとして、坂下さんが本職のメイドさんみたいな格好なのはなんでですか？」

「……本職というのは間違いではありませんが。これは戦闘用ですので、格闘における動きを阻害しません」

「あー、めっちゃいいですねそういうの。私ピクニックに行くような装備で来ちゃいましたよ」

「あなたも動きを阻害しないことが優先ですものね。私の場合、探検といえば迷彩だと思ったのでこのような装いにしました」

「伊那さんはミリタリー系の装備か。そういう路線もありだな」

「やはり神崎さんには分かっていただけましたわね……その制服もとてもお似合いですわ」

伊那さんがウィンクをしてくる――慣れている感じで普通にサマになっているが、雪理の方から刺さるような視線を感じて迂闊に反応できない。

俺たちが強化制服を着ていることは、伊那さんたちには話してある。自分に合っている装備なら問題ないので、服装の非統一を気にすることはない。

「普段は解放されていないゾーンだけど、討伐隊のために周辺の設備が整っているのね」

「足りないものがあったら買っておくか。携帯食料くらいは必要かな」

「着替えなどは車に用意してありますし、二泊まででしたら対応可能な準備があります」

坂下さんはそう言うが、5月5日には雪理の家の用事があるはずなので、明日には帰らなくてはならない。もともと、俺は日帰りくらいのつもりで来たのだが。

「玲人、中に入る手続きをしてくる?」

「その前に、話がしたい人がいるんだ。ゾーンの中に入ったかどうかを確かめてくるよ」

「私たちはここで待っているわね。幾島さん、姉崎さんは？　姿が見えないけれど」

「姉崎さんはお手洗いに行っています。すぐに戻ると言っていました」

幾島さんがそう教えてくれる。姉崎さんが同行するのかはまだ確認していないので、聞いておかないといけない――討伐隊の隊員を探しつつ、姉崎さんの姿を見逃さないように気を配る。

「討伐隊に掃除されてるだけあって、一階はほとんど収穫ないな」

「ここの迷宮、Ｇ級のくせに小鬼（ゴブリン）とか出るんだな」

「さっき救急車両が出てったろ、油断すると怪我（けが）するからな」

「見てみて、新しいバックパック。これに入れておくと不慮（ふりょ）の事故で食料が傷んだりとかしないんだって」

「ゾーンの罠（わな）ってあの小鬼どもが仕掛けてんのか？　潜るたびに違うとこに仕掛けてあるよな」

彼らは一般の討伐者（バスター）だろうか。小鬼は強くはないが、レベルが低いうちは油断ができない相手だ。

他のパーティが門をくぐり、ゾーンに入っていく。ゾーン全てを囲うにも広大な範囲になるため、簡易的な鉄柵（てっさく）のみだ――その気になれば、門以外からも出入りできてしまいそうだ。

人の出入りが途切れたところで、俺は門のそばにいる職員に近づく。

「すみません、ちょっと聞きたいことがあるんですが」

「ああ、風峰学園の生徒さんですか。他の生徒さんも来ていますが、原則としてエリア1以上には進まないようにお願いします。それ以上は相応の討伐許可が必要で……」

「俺はBランクの討伐資格を得ています。先日の市内で起きた現出で、魔物討伐に参加したので」

「こ、これは失礼しました。それであれば、潜入に制限はかかりませんので、自由な判断で探索をお願いします」

男性職員の態度が一変してしまい、こちらの方が恐縮してしまう。驚かせずに自己紹介する方法はないものか——というのは気にしすぎか。

「お気遣いありがとうございます、無理はなるべくしないようにします。それと、朱鷺崎第二部隊の綾瀬隊長がここに来ていると聞いたんですが」

「第二部隊の綾瀬隊長ですね。神崎玲人さんにお言伝を預かっておりますが……」

学生証を見せて身分を証明すると、職員は綾瀬さんが部下と一緒にゾーンに入っていること、後で話をしたいと言ってくれていたことを教えてくれた。

「綾瀬さんは数名の部下の方々と一緒に、ゾーン奥の調査に向かうと言っていました。数日前に傷病者が出たのですが、特殊な症状が出ていたとのことで……」

「その症状は、具体的にはどういうものですか？　できれば聞いておきたいです」

「パーティ全体が恐慌に陥っているというか……一時的に意思疎通が不良になっていたんです。

このゾーンで、そういった特殊な攻撃をする魔物は今までいなかったんですが」

「ありがとうございます。浅い層ではそういった症状のある人は出ていませんか？」

「はい、エリア3以降だと聞いています」

　魔物によるものか、さっきの人たちが話していたような罠か、ゾーン内の環境か。俺の呪紋で精神系の状態異常には対処できるが、スキルは万能ではないというのは忘れてはならない。

「今もエリア3以降に入っているパーティはいるんですか？　綾瀬さんたち以外に」

「はい、エリア3の入場資格はＥ級ですので。特別探索許可期間は、多くの方がその辺りまで潜られますね」

「なるほど……教えてくれてありがとうございます。それと、『斑鳩』という人はこのゲートを通りましたか？」

「申し訳ありません、綾瀬さんについては本人の了承が得られていますが、他のパーティについてはお伝えできない決まりとなっておりまして……」

　そういう規則ならば無理に聞き出すことはできない。灰島先生の言う通りなら、斑鳩という祓魔師はこのゾーンに入っているはずだ。

　一旦話を終えて、俺は姉崎さんを探すことにする。

『イズミ、姉崎さんがどこにいるか分かるか？』

『個人の位置座標についてはお教えできませんが、50メートル以内に近づいた場合はお知らせできます——現在姉崎様に接近しています』

間を置かずにイズミが知らせてくれる——周囲を見回しても誰もいないが、何か言い合っているような声が聞こえてくる。

休憩所の裏手。見張りをしているような男性がいるが、俺は構わずに通ろうとする。

「今はここは通れねえよ。他に行ってくれ」

「一応聞くが、高校生くらいの女の子を見たか？」

「どうだかな。なんで答える義理がある」

「そうか。それなら仕方がないな」

「——粋がるなよガキッ！」

素直に追い返される気などさらさらない——そう分かると、男は俺に摑みかかろうとする。

（スピードルーンなしでも止まって見えるんだが……学生の方がレベル高くないか？）

「て、てめぇっ……！」

摑みかかる手を数度避けたところで、いきり立った男が何かのスキルを使う——そのスキルは魔物に向けて使うべきものだが、そういうことならこちらも手加減はしない。

《神崎玲人が弱体魔法スキル『スタンスタンパー』を発動　即時発動》

男の大振りのパンチを避け、親指を立てて突き出す——すると男の額にルーン文字が浮かび上がる。

「な……にをっ……」

男は何か言いかけたが、すぐに意識を失ってその場に倒れた。過剰にダメージを与えても騒ぎになるので、昏倒させられればそれでいい。

建物の裏に回ると、悪い予感は的中していた。姉崎さんが男に詰め寄られている——いや、姉崎さんだけではなくて、もう一人いる。

「何も怖がらせるつもりはないんだよ、ちょっと聞きたいことがあるだけでさ。お嬢ちゃん、あんたの職業は？」

「さあ、答えたくないです。友達と一緒に来てるからもう行きたいんですけど」

「じゃあこっちで当ててやろうか、あんたの職業はトレーナーってやつだ。あんたが俺たちについてくるだけで一日に十万出してもいい、それくらいの価値がある」

「知らない人に何か貰っちゃいけないってお婆ちゃんにも言われてるので……っ」

どうやって姉崎さんの職業が分かったのか——そして、やはり彼女の職業は強引な勧誘を受けてしまう理由になっている。狙われていると言ってもいい。

「そ、そそそ、そういう強引なのは良くないと思います……っ！」

「おーい、こっちはどうすんの？　ノリで連れてきたけどいるの？」

男たちに連れてこられたのは姉崎さんだけじゃなく、もう一人——帽子を深く被った人がいる。顔がよく見えないが、声からして少年だろうか。

「そいつはそいつで使えそうな職業だからな、俺たちのパーティに入ってもらう」

「っ……ボクはそんなつもりは……っ」

「お前のコネクターのＡＩにリンクグループを変更してもらえばいいだけだ。簡単だろ？　お前自身の意志でやれば何のルール違反でもない」

どうやら男たちは特別探索許可期間に集まってくる人々に引き抜きをかけて、自分たちのパーティに入れようとしているようだ。だが、そのやり方は強要に他ならない。

「さあ、リンクグループの書き換えをＡＩに頼んでくれよ」

「……っ」

《神崎玲人が強化魔法スキル『スピードルーン』を発動　即時発動》

「——その必要はない」

「「うぉおっ⁉」」

姉崎さんに詰め寄っている男の後ろに回る。俺の速度が他者からどのように見えているかは分からないが、男の仲間たちが声を上げた。

「い、いつの間に……なんだこいつ、どこから……っ」

「あいつ、見張りもまともにできねえのか……っ！」

「動くなよ。そっちの少年に何かしても動いたと見なす」

「レイ君……っ」

姉崎さんが少し不安そうに俺の名前を呼ぶ。そんな心配はいらないが、この連中にはここで釘を刺しておかなければならない。

「……俺らをどうするつもりだ？　正義のヒーローでも気取ってんだろ？」

「強引な勧誘はやめた方がいいな……と言っても、やめるつもりはないんだろう」

「分かってんじゃねえか。ならこの女置いて消えてくれねえかな。こっちもここまでは……」

《犬堂亮(いぬどうりょう)が神崎玲人に攻撃》

《神崎玲人が弱体魔法スキル『スタンスタンパー』を発動　即時発動》

「ぐっ……ぁ……何だァ、その、速……」

犬堂が使おうとしたのは銃器――振り返らずに撃とうとしてきたので、察すると同時に呪紋(ルーン)で阻止した。実弾なんて使えば騒ぎになるので麻酔か何かだろうが、食らってやる義理はない。

「うわっ、犬堂さんがやられたっ！」

「やりやがったなてめっ……あ痛っ！」

「――強引なのはダメだって言いましたよねっ！」

少年が自分を摑まえている男の腕をつねる――それで生まれた隙を見逃さない。

《神崎玲人が強化魔法スキル『マルチプルルーン』を発動》

《神崎玲人が弱体魔法スキル『スタンスタンパー』を発動　即時遠隔発動》

「「ぬわぁっ……!?」」

男たち二人が同時に倒れる。親指を相手に押し付けないと発動しない『スタンスタンパー』だが、俺の場合親指を構えれば距離を置いて発動させられる。

対人で相手をノーダメージで気絶させるには、『スタンスタンパー』の使い勝手が思った以上に良い――荒事は避けたいところだが、こういったケースの対策を想定するに越したことはない。

「姉崎さん、大丈……ぶっ」

「はぁ～、良かったぁ～……レイ君来てくれてもう色々出ちゃいそうになっちゃった……」

「で、出るって何が……まあ、無事で良かったよ」

いきなりタックルのような勢いで抱きつかれて、思わず間の抜けた声が出てしまった。

「あの、そちらの女性も男の人も、助けてくれてありがとうございました」

「あーしは何もしてないよ、むしろそっちが助けようとしてくれたんじゃん。ありがとね」

「い、いえ、わた……」

「？　綿（わた）？」

「あ、ちち違いますっ、ボクは何もできなくて、一緒に捕まっちゃって……」

「まあ、本当はスキルを安易に使うのは良くないだろうしな。今回は非常時の措置ってことで、大目に見てもらいたいが」

「すみません、ボクもスキルは使えるんですけど……あなたに助けてもらうまで、何もできませんでした。猛省です」

「ということは、君も特異領域（ゾーン）に入りに来たんだな。災難だったね」

　男たちは目覚める気配がないが、傷を負わせてはいないので後で目を覚ますだろう。俺は姉崎さんにしがみつかれたままでその場を離れる——少年もついてくるが、帽子を気にしていて、前が見にくそうなくらいに深くかぶり直している。

「あ……ちょっと呼ばれてしまってるので、このお礼は必ず後ほどします！」

「いや、気にしないでいいよ……って、行っちゃったか」

「あーしが無理やり連れてかれちゃったから、あの子も助けようとしてくれたの。あーしこそお礼したかったのに」

「連絡先も聞けなかったけど、まあどこかで会えるって思っておこうか」

「うん……レイ君、ほんとにありがと。いきなりあの悪そうな人の後ろに出てきて、ヒーローかなって思っちゃった」

「普通に移動しただけだよ、ちょっとスキルは使ったけどね」

姉崎さんはぴったりくっついて離れてくれないので、なぜこんなことになっているのか弁明しなくてはなりそうだが、仲間が無事ならそれで良いということにしておいた。

5　遺跡第1エリア

「それじゃ皆のところに戻ろうか……姉崎さん？」

「んんっ……ご、ごめん、ちょっと途中で連れてこられちゃったから……」

「あ、ああそうか。えーと、俺も一応ついていっていいかな、トイレの前まで」

「ふぁぁぁ～っ、もう恥ずかしすぎて死にそうなんですけど……っ！」

姉崎さんが「色々出そう」と言うのはそのままの意味でもあったらしい。俺は小走りに駆け出していく姉崎さんを追いかけつつ、イズミに話しかける。

『イズミ、さっきの人について何か情報はあるか？』

『先ほどの方については、情報開示がされていないようです』

『開示されてない……ってことは、隠してるのか。俺たちは普通に行動してるだけで記録に残るのか？　そういう情報は、他の人に伝わったりするか』

『魔物を討伐した際、特異領域に侵入した際などの情報は共有されますが、個人情報には任意でセキュリティがかけられます。玲人様についてはベーシックレベルのセキュリティで個人情報が保護されています』

『接触した相手の情報は自動で全部得られるとか、そういうわけじゃないんだな』

『スキルを使用した際には使用者の名称がわかりますが、それはスキルを犯罪行為に使用することを取り締まるための規則です。一部例外もございますが』

　姉崎さんに強引な勧誘をかけていた男の名前は分かったが、俺の名前も伝わってはいるということだ。

『まあ、それくらいは問題ないか。教えてくれてありがとう、イズミ』

『いえ、いつでもご質問をお待ちしております』

　イズミの声が少し高揚しているように聞こえるのは、ＡＩ技術の発達によるものか、俺の贔屓目か。いずれにしても、頼れる助言者がいてくれることは有り難いものだ。

灰島先生の言う通りなら、祓魔師の斑鳩という人たちも特異領域の中に入っていると考えられるので、とりあえず保留にしておく。まず優先すべきは綾瀬さんに会うことだ――彼女たちが外に出てきてからでもいいのだが。

この特異領域で出ている特殊な傷病者のことが気にかかっている。

姉崎さんを連れて戻ったあと、俺たちは特異領域に入るゲートをくぐった。少し先も見えないような白い霧の中を進む――すると、石造りの広い空間に出た。

「思ってた以上に、めちゃくちゃ広いな……」

「今までの特異領域とは違う、まるでファンタジーの世界ね」

「すでに探索が進んでいるはずなのに、第一エリアにまだ大勢人がいるのね」

「それだけ広大な領域ということですわね。私たちは班で分かれた方が良いですか？」

「しばらくは一緒でいいじゃないですか、せっかくなので」

社さんの言う通り、全員で連れ立って歩いていく。俺たちくらいの人数のグループは他にも幾つかいるが、他のパーティとかち合わないように別方向に進んでいく。

「これからエリア3を目指すけど、危険だと判断したら俺だけで進むことになるかもしれない。あくまで経験を積むことと、何かの収穫を得ることが大事だから、怪我をするのは得策じゃない」

「ゾーンから常に無傷で帰るというのも、なかなかできないことだが……神崎、常に完璧を求める必要はないんだぞ」

「私も唐沢と同じ意見です。討伐隊を志望するには、安全な相手とばかり戦うだけでは足りないでしょう」

二人の向上心は必ず結果に繋がると思う一方で、ゾーンの中では何が起こるか分からないので、場違いな強敵と遭遇したら退却するのも英断になる。

「メイドさんの格好で言うとどうしても可愛らしいよね、よーちゃん」

「服装は関係ありません、動きを阻害しない防具ですので……それと、よーちゃんというのには物申したいですね」

「あ、こよことちょっと似てるもんね」

「はうっ……わ、私はその、恐れ多いです、そんな……っ、坂下さんと似てるなんて……」

「い、いえ、それを気にしているわけでは……私はその、硬派で通しておりますので」

「……フッ」

「……唐沢、何を笑っているんです？」

「いや、何でもない。神崎、幾島さんからマップデータが来ているぞ」

《幾島十架が特殊スキル『セカンドサイト』を発動》

《玲人様のパーティ内でマップ情報が共有されました》

『今日は角南さんに待機してもらっていますので、ゾーン外の車内からサポートを行います』

『本当にありがとう、助かるよ』

『ずっと車内というのも大変だから、適宜休憩を取ってね』

『いえ、とても快適です。角南さんとも少しお話をさせてもらいました』

幾島さんの開いたチャットのチャンネルは、個人間での会話もできるが今はオープンになっている。仲間たちも幾島さんに声をかけていて、和気あいあいとしていた。

交流戦を経て互いに打ち解けたというか、そんな雰囲気だ。声をかけてすぐに集合してくれる仲間たちに感謝しつつ、連休を使っていいのだろうかという遠慮はある。

「……あれ？」

気がつくと皆がこちらを見ている——何ともいえない表情だ。何かを言いたくて我慢している感じというか。

『玲人様、リンク状態での思考については、皆様にも伝わることが……』

「えっ……ご、ごめん、俺何か変なこと考えてたかな」

『遠慮なんて必要ありませんわ、何でもいつでもお申し付けいただければ……あっ』

『謙虚を通り越して、奥ゆかしすぎると思うのだけど……でも、そういう……あっ』

『私にも声をかけてくれて、ゴールデンウィークの用事ができてよかったなって……』

『美由岐さんに便乗しちゃってる感じだけど、私も先生と一緒で探索とか最高かとしか言えないですよね』

『レイ君ってモテるからなー、ほっといたらお休みの日とかデート三昧してそうだから適度に邪魔しとかなきゃ……あっ』

『キャンプもいいが、やはりゾーンの緊張感はヒリつくものがある。良いな』

『あれほど強いのに今どき珍しいくらいに純粋な奴だ……と、これも伝わるのか』

俺だけでなく、皆の考えていることも伝わってきた――思わず誰とはなく笑ってしまう。

『……リンク通話の思考感度を下げたいと思います。いいですか？』

『あ、ああ、ぜひ頼む。実際一緒にいるわけだから、思考の共有は必要ないからな』

『すみません、通常ならこんなことにはならないのですが、私の技能の影響で……』

『そういうことか。できればまた改めて、幾島さんのスキルについて聞いておきたいな』

『了解しました。まず、今回の探索を無事に終えてからですね』

ちょっとしたハプニングはあったが、まあ空気が悪くなったわけでもないし、むしろ皆の本音が聞けて良かった部分もある。

「……え、えっと。レイ君、あーしのこと警戒しちゃった？」

「ん？　あ、ああ。えーと、何だったかな」

一気に皆の思考が伝わってきたので、姉崎さんの声も聞こえたが、内容が頭に入ってきていなかった。

「……神崎、すまない。一人キャンプに行く予定だったからな」

「ああ、木瀬くんの荷物はそれでなのか。謝ることはないけど」

「いや、ゾーンの危険を楽しんでいるようなことを考えてしまった……実はこいつは危ないやつなのでは、と思われても仕方がない」

「平気だよ、忍君にそういうところあるのはなんとなく見れば分かるから」

「そうですわね、銃器を扱うときの木瀬は楽しそうですから」

「……杞憂だったか。余計なことを言ったな」

「ははは……乗り気で来てくれてるのが分かったのは良かったよ」

木瀬君は頬をかいて、社さんに肘をつつかれている。伊那さんはそんな二人を見て、腕組みをしたまま微笑んでいる――三人の関係性がなんとなく分かってきた気がする。

「っ……少し離れたところで戦闘の音が聞こえるな。神崎、我々はどうする？」

「とりあえず第二エリアを目指して進んでみよう」

「え、えっと、玲人さん、『転身』を……」

「ああ、分かった。戦闘の準備をしておかないとな」

黒栖さんに『マキシムルーン』を使って『転身』の条件を満たす。彼女が変身するところは女性陣が並んで壁を作り、遮られてしまった――隠されると見たくなってしまうというのはとても言えない。

◆◇◆

十五分ほど歩いただろうか——他のパーティの姿は見えなくなり、広い部屋に出た。

大きな石版のような形状の岩の塊が無数にあり、視界が遮られている。

「第２エリアに行くためにみんなここを通ってるのか。魔物に奇襲されがちな地形に見えるんだが」

「そうね……気配はしているわね。私に奇襲をかけても意味はないけれど」

いざとなれば雪理には『アイスオンアイズ』があるとはいえ、魔力は温存しておきたいし、奇襲対策は別の方法で行った方がいい。

「おい、立ち止まってるんじゃないぞ。通行の邪魔だろ」

「きゃっ……ちょ、ちょっと。ぶつからなくてもいいでしょ」

他のパーティが後ろからやってきて、わざわざ社さんに身体を当てていく。

「……何だよ？」

思わず身体が動いてしまった。社さんにぶつかった男の肘を掴み、引き止めてしまう。

「仲間に謝ってもらいたくて。わざとぶつかる必要ってありました？」

「……子供が遊び気分で来るところじゃねえぞ、特異領域は。離せよ」

俺の手を振り払い、男は地面に唾を吐いてから歩いていく。引き止めることはできたが、社さんが心配そうに見ているし、ここは抑えなくては。

「ごめん、つい熱くなった。社さんは大丈夫？」

「もう全然大丈夫というか、先生も私のためにそんな怒ってくれなくてもいいんですよ、ああいう人って結構いますし」

「怒るよ。どんな些細なことでも、仲間に何かされたら」

「っ……え、えっと……先生、私もちょっと邪魔になってたので、今度から気をつけます。だから、そんなメラメラした目は……」

「あ……わ、悪い、怖がらせたかな」

「いや、神崎がいざとなると眼光が増すというのは知っているからな」

「知らないと驚くよね、レイ君めっちゃ温厚そうだし」

眼光と言われると目つきが悪いのかと思えて、目の間をつまむ。そんな俺を見て黒栖さんが微笑んでいる——普段は温厚でもやるときはやるというのは、黒栖さんにも言えることなのだが。

「——ぐぁっ！」

「くそっ、どっから出てきた……コソコソ隠れやがって……！」

立ち並ぶ岩の向こうから、先に進んだパーティの声が聞こえてくる——前衛を務める社さん、坂下さん、雪理がすぐに動き始める。

「敵は岩に隠れて奇襲をかけてくる！　注意してくれ！」

「「了解っ！」」

「はいっ！」

「奇襲に対応できるようにスキルを使うぞ……っ！」

いつも使っている『マルチプルルーン』と他の呪紋との合わせ技。今回は複数の呪紋を組み合わせるので、『呪紋創生（ルーンクリエイト）』で新たな呪紋を作ることにする。

《神崎玲人が固有スキル『呪紋創生』を発動　要素魔法の選定開始》

《強化魔法スキル　レベル３『マルチプルルーン』　魔力消費８倍ブースト》

《強化魔法スキル　レベル４『ディテクトルーン』》

《特殊魔法スキル　レベル５『カウンターサークル』》

（できるならもう一つ組み込みたいが……これでも機能はするはず……！）

もちろん『スピードルーン』と『アクロスルーン』は事前に発動していて、仲間たちは迷路のようになっている岩の間を失速せずに駆け抜けていく——そして。

『──注意してください、岩陰に十体以上の魔物がいます！』

6　変異種

「──ギィイッ‼」

《ペイルゴブリンの群れと遭遇　神崎玲人のパーティが交戦開始》

幾島さんの警告が聞こえた直後に、青白い肌色をした鬼──ゴブリンが襲ってくる。

（ゴブリンは装備した武器によって攻撃方法が違うが……やはり厄介なのがいたな……！）

《ペイルゴブリンが折倉雪理を攻撃》

「っ……！」

吹き矢──ゴブリンが持っている武器の中では危険度が高い。ダメージ自体は少なくても避けにくく、治療の手段がなければ毒物による状態異常は死に直結する。

《折倉雪理に付与されたスキルの効果が発動》

「――グギッ⁉」

雪理に付与した呪紋の効果で、小さく視認しづらい吹き矢が反射される――ゴブリンは何が起こったのか分かっておらず、次々に武器を投擲してくる。

「俺の呪紋で投射武器は跳ね返せる！　距離を詰めて畳み掛けるんだ！」

「ええ……っ、行かせてもらうわ……！」

「さっすが先生、めちゃめちゃ心強いですっ……！」

「はぁぁぁぁっ！」

《折倉雪理が剣術スキル『雪花剣』を発動》

《社奏が短剣術スキル『ダッシュブレード』を発動》

《坂下揺子が格闘術スキル『旋転蹴』を発動》

『ガフォオオオッ‼』

雪花剣で斬られたゴブリンは凍結し、社さんが駆け抜けると同時にゴブリンが血しぶきを上げて倒れ、坂下さんの豪快な回し蹴りが二体を巻き込んで吹き飛ばす。

「私たちも……っ！」

「行きますわよっ！」

「あーしもぉっ！」

《『ディテクトルーン』の効果により敵の奇襲を察知》
《黒栖恋詠が攻撃魔法スキル『ブラックハンド』を発動》
《伊那美由岐が攻撃魔法スキル『サンダーボルト』を発動》
《姉崎優が投擲スキル『スパイラルシュート』を発動》

『──ギヒィッ⁉』

後続のゴブリンが岩陰から姿を現すなり、黒栖さんたちの放った攻撃がヒットする──ゴブリンたちはまさかそんなタイミングで攻撃されるとは思っておらず、面食らっていた。

「隠れた敵の位置が分かるとは。これは凄いな……！」

「ああ、俺にも見えている……！」

《唐沢直正が射撃スキル『スナイプショット』を発動》
《木瀬忍が射撃スキル『アキュレートショット』を発動》

最後列の二人の射撃も見事に決まる――だが、敵の反応が残っている。

《ペイルゴブリン変異種に遭遇》

「なに……あれ……っ」

社さんが絶句する――ゴブリンを撃破して進んだ先にいたのは、異常に発達した腕を持つ個体だった。

『変異種は通常の魔物とは異なり、エリアランクから想定される以上の能力を持つ可能性があります。気をつけてください』

幾島さんはそう言うが、躊躇（ちゅうちょ）している余裕がない。ゴブリンの巨大化した腕にはそれぞれ男性が一人、女性が一人摑（つか）まれ、苦悶（くもん）の声が聞こえる。

「て、めぇ……放し、やがれっ……あぁぁっ！」

社さんにぶつかった男が、マチェットのような武器を振りかざして変異種に向かっていく――だが仲間を盾にされて攻撃を止めた一瞬に、変異種が口から吐いた何かを受けて吹き飛ばされた。

《神崎玲人が特殊魔法スキル『フェザールーン』を発動　即時遠隔発動》

男が岩に叩きつけられる前に呪紋を発動させ、衝撃を軽減する。雪理たちは武器を構えているが、接近戦は危険が大きすぎる。

「玲人……っ」

振り返ってこちらを見る雪理。この切迫した状況で仕掛けるのを待ってくれたのは、オークロードの時のことを思い出したからか。

「ギッギッ……ギォォォォッ」

《ペイルゴブリン変異種に物理、魔法耐性を確認しました》

変異種が笑っている。それは、俺たちに成す術がないと思っているからだ。

変異種を攻撃すれば捕まっている人が無事では済まない。だが——変異種が反応できない速度で攻撃するならば、話は別だ。

「や、めろ……うぁあっ……やめろやめろやめろっ……！」

「嫌……っ、こんなの……誰か助けてっ……！」

変異種の口が裂けるようにして開く。見せしめのようにして喰うつもりか——だが。

（耐性があるなら下げればいい。それだけの話だ……！）

《神崎玲人が弱体魔法スキル『Ｄレジストルーン』を発動　即時遠隔発動》
《神崎玲人が攻撃魔法スキル『フォースレイクロス』を発動　即時発動》

本来なら指を交差させる構えが必要になる。だが、今の俺ならイメージしただけで呪紋を発動させることができた。

「……ギ……ォッ……ォォ……？」

変異種が攻撃されたことを理解する前に、光は閃き、奴の開いた口を貫通した。

《ペイルゴブリン変異種　ランク不明　討伐者：神崎玲人のパーティ》
《変異種討伐実績を取得しました》
《神崎玲人様が５０００ＥＸＰを取得、報酬が算定されました》
《姉崎優の恒常スキル『経験促進』によって獲得ＥＸＰが５００増加しました》

捕まっていた二人が解放される。変異種は仰向けに倒れ、そのまま動くことはなかった。
雪理と坂下さんが倒れていた二人に駆け寄るが、全身に酷い打撲を負っている。

他のメンバーが三人いたが、いずれも変異種の打撃を受けたのか倒れ込んでいる。

――レイト、彼らは僕らのことを狙ってきたのにそれでも回復させるんだね。

ソウマが言っていたことを思い出す。プレイヤーが同士討ちをするメリットがないはずなのに、それでも他プレイヤーから狙われてしまったことがあった。

(甘いと言われても、俺はあまり変わってないみたいだ)

《神崎玲人が回復魔法スキル『ヒールルーン』を発動　即時遠隔発動》

「……う……」

倒れている人たちにそれぞれ回復呪紋をかけていく。初歩の回復呪紋でも効果は十分で、みるみるうちに打撲が治り、赤黒くなっていた腫(は)れが引く。

「あんた、起きられるか？」

「……ああ。すげえな、あんた……俺たちはあいつらに、手も足も……」

「ああいうのは変異種っていうらしい。手を出さずに、見たら逃げるべきだな」

「……くそぉっ……！」

戦いに負けたとき、命からがら逃げた後に、押し寄せるのは無念と悔しさだった。

ソウマやミア、イオリも戦いを恐れるようになったことはあった。勝てないかもしれないという恐怖を克服できたのは、自分たちがまだ強くなれると思えたからだ。

「今日はゾーンを出た方がいいわ。次は私たちも助けられないから」

「……分かった」

雪理に諭された男は立ち上がる――彼の仲間たちも意識が戻るが、まだすぐには動けないようだ。

「じゃあ、俺たちは……」

「こんなもんがいるか分からないが、良かったら持っていってくれ。携帯食料だ……俺たちには必要がなくなったからな」

一応食料は買ってきたものの、店の在庫が少なくなっていたので少ししか買ってきていない。

「知らない人に食べ物をもらうのは……なーんてことは言わずに、貰っておきます？」

「社さんがそう言うなら。ありがとう、もらっておくよ」

「俺が言うことじゃないが、気をつけろよ。色んな連中が来てるからな」

男たちが引き上げていったあと、変異種の周りを仲間たちが囲んでいる――何か見つかったようで、姉崎さんが手招きをしている。

「これがでかゴブリンの近くに落ちてたんだけど、魔石ってやつ？」

「ああ、そうだな……普通ゴブリンくらいの魔物じゃ落とさないはずなんだけど。変異種だとわけが違うのか」

変異種が落としたものは、青白い光を放つ宝石だった。

『イズミ、これは何だろう』

『未鑑定の魔石です。詳細については解析が必要です』

錬魔石(れんませき)よりも魔物を封印するのに向いているのか、全(まった)く関係ないものか。その場で分かると良かったのだが、ファクトリーで分析を頼むしかないだろうか。

（……いや、レベル1だけど鑑定スキルを持ってるはずだ。スキルポイントを使うことにはなるが、必要になればスキルレベルを上げられるんじゃないか？）

「玲人さん、どうしたんですか？　魔石をじっと見つめたりして」

「ああ、ちょっと試したいことがあって」

黒栖さんに見られつつ、魔石を手のひらに載せてジッと見つめる——そして。

《神崎玲人様の鑑定スキルのレベルが2に上昇しました》

《神崎玲人が『鑑定』を発動　魔石の鑑定に成功》

《ペイルブルー　暫定(ざんてい)ランクC　魔石・鉱物》

《深淵で獲得できる魔石の一種。深淵の魔物が生きる上で必要なものと考えられている》

「……ペイルブルーっていう石なのか、これは」

「玲人は『鑑定』ができるの？　本当になんでもできるのね……」

「雪理は『深淵』ってなんのことか分かるか？　この魔石は深淵で取れるものらしいんだけど」

「いえ、聞いたことはないわね。この変異種は深淵から来たということ？」

「ゾーンの中では何があってもおかしくありませんし……深淵というところから転移してきたとか、そういうことなのでしょうか？」

　伊那さんの推測については当たっている可能性もあるとは思うが、確証はない。このゾーンに何かが起きているというのは、どうやら間違いないようだ。

「小鬼たちの装備も落ちていますが、そんなに良いものではありませんわね」

「転用することもできませんし、そのままにしておきましょう。こちらは……ゴブリンが武器に塗る毒の瓶と、もう一つありますね」

　坂下さんは白手袋をして瓶を持ち、俺のところまで持ってきてくれる。

「どうぞ、素手で触れても大丈夫と思います」

「ありがとう」

《神崎玲人が『鑑定』を発動　薬瓶の鑑定に成功》

《エビルリキッド　ランクE　薬品・ポーション》
《薬品の合成や飲用に使う。武器に塗ると一時的に邪属性を付与できる》

分かった情報を仲間たちに教えるが、あまりピンときてない様子だ——坂下さんは勉強熱心でメモを取っているが。

「使い所はありそうかな。邪属性って魔物に効くことはあまりないんだけど、例外はあるから。飲めるみたいだけど効果が分からないから気が引けるな」

「喉が渇いたときに飲み物の代わりにできるとか？　うー、でもマズそうだね」

「まだエリア1だが、移動するだけでも水分補給は必要になる。こまめにしておかなくてはな」

木瀬君の言う通り、俺たちはそれぞれ水筒に口をつける。

その後は岩の立ち並ぶ迷路を抜けるまで特に目につくものはなかった——第2エリアに入ると辺りの雰囲気が大きく変わり、気温が上がったのが分かる。

「はー、あっつ……ジャージの上腰に巻いちゃおっと。せつりんは大丈夫？」

「少し暑いけど、これくらいなら我慢できるわ」

そうは言うが、雪理は戦闘の後でも汗ひとつかいていない。顔には出さないが暑いということなら対策は必要だが。

「これは水着で探索してもいいくらいの暑さですよ、スパッツは失敗だったなー」

「社、パタパタしないでください……私の方が恥ずかしいですわ」

「とりあえず、快適に動き回れるように俺のスキルを使っておくよ」

ゾーンの奥に行くと環境が変わることもあるというのは、今後も考慮しなくてはいけない。

エリアごとにこれほど変化するとは思わなかった。

また変異種と遭遇することも想定しつつ進まなければならない。休日のゾーン探索は思った以上に長丁場になりそうだ。

第三章　深淵より出づる者

１　不可視の敵

《神崎玲人が特殊魔法スキル『アダプトグラム』を発動　即時遠隔発動》

仲間たちの足元に魔法陣が生じ、そのまま頭の上まで移動していく。

「んっ……あっ、めっちゃ快適！　ジメジメとか暑いとかなくなってる！」

「こんな能力があると冷暖房が不要になるな……いや、人間に作用するだけなのか」

「まあ加熱しすぎたものを冷やすとか、そういうことに使うには工夫が必要だな」

額の汗をハンカチで拭いていた唐沢もサッパリとした顔をしているし、木瀬君も悪くはないという様子だ。

――ゲームの中なのに汗をかくって、外ではどうなってるの？

――はは……あまり考えたくないけど。状態的には寝たきりだから、お世話をしてもらって

いるのかな。

――ログアウトできたら、看病をしてくれた人に感謝しないとですね。

『アダプトグラム』は魔力を使うので仲間たちは遠慮していたが、俺は積極的に使うようにしていた。なにぶん空調のある生活に慣れていたので、暑さ寒さは覿面に士気に影響するからだ。

「ありがとう、玲人。その……どうしても我慢できないわけではないけど、暑いと苛々してしまうから」

「お嬢様はご幼少のみぎり、『スノープリンセス』と呼ばれていたこともございますので……も、申し訳ありません、何でもありません」

「寒いのは苦手ではないけれど、得意でもないわね」

「私はこたつが好きなので、寒くなってくると楽しみになってきます……あっ、どうでも良かったですね」

「いえ、私も興味はあるわ。こたつでアイスクリームを食べるという行為に」

そういうことをして文明の勝利だと思ってしまう、そんな一面が雪理にも――と、脇道に逸れ過ぎている。

「さて、進むか……遺跡の中が暑いって、ピラミッドみたいなイメージだな」

「砂漠の中でも完全に熱を遮断すれば、内部はそれほど暑くないのではないかな」

唐沢は銃の調子を確認しながら言う。湿度が高いので気になるようだ――肝心な時に弾詰まりを起こしたりしなければいいが。

「ピラミッドが作られた理由を考えると、内部が高熱になってしまうと都合が悪いものね。ただこのゾーンはすごく広いから、作られた目的自体が違うと言えるけれど」

「作られた……ですか。ゾーンというのは誰かが作っているものなんですの？」

「えー、こんなおっきくてややこしいもの、作ったりできるんですか？」

その可能性もあながち否定できない――とは、今は言わないでおく。

魔女神はこの世界に魔物を送り込んでいる。その方法として使われているのは『特異現出』だが、特異領域もまた魔女神が作り出しているとしたら。

「前から思っていることだが、ゾーンは現実にあった場所を切り取って内包しているんじゃないか？　『平野』『洞窟』『市街』……いや、こんな『遺跡』は地球上には存在しないか」

「僕らが知らないだけで、この遺跡もどこかにあったものなのかもしれない。そういうことなら法則性を見出すことはできるか」

「確かに、試合会場に使われたゾーンはどこかの街が廃墟になったような風景だったな」

木瀬君の言うとおりだが、今までゾーンの内部が現実にあった場所のどこかという話は聞かされてこなかった。それは『検証の方法がない』のか、『検証できなくされている』のか――今はどちらとも言えない。

「現実の場所をモデルにした異空間なのか、それとも現実にあった場所が取り込まれて変化したのかだな」

「なるほど……ゾーンの中では何があってもおかしくない。地形の変化などが起きれば、元の場所に似ているだけで別の空間になってしまうか」

「突き詰めれば論文の一つも書けそうな話だな……それは討伐科（とうばつか）の僕らのするべきことではないか」

「三人とも、そういったお話は私たちとも共有していただいた方が良いのではないですか」

「っ……ご、ごめん。まだ仮定に仮定を重ねてるだけの話だからさ」

「私も好きです、そういう考察……っていうんでしょうか。ミステリが好きなので」

黒栖（くろす）さんが目をキラキラさせている——おすすめのミステリがあったらぜひ教えてほしいが、それは後で聞いた方が良さそうだ。

「……何か音がしないか？　滝のような」

木瀬君が銃のサイトを向けた先から、確かに音が聞こえてきている。進んでいくと一本橋のようになった道があり、上方の石壁から大量の水が噴出していた。

「すご……ゾーンの中じゃなかったら、絶景で観光名所になってそうだね」

「ピラミッドではなく、水底にある地下迷宮……ということでしょうか？」

「天井を破壊したらまずいってことか。まあ壊したりしないけど」

「玲人の魔法は威力がすごく大きいから、本当にできそうだけれど」

「……やらないぞ？」

　雪理はどちらを期待しているのか――楽しそうなのでどちらでもいいのか。意味もなくゾーンの構造物を壊したりはしないが。

『第３エリアに行くため、この通路を通らなければいけませんが、交戦の記録が残っているので注意してください――早速で申し訳ありませんが、敵性反応です』

「――まずい、前衛が崩れた！」

「ああっ、み、見えないっ……こんな敵って……っ」

「ハルカ、お前は逃げろっ！　あいつらにお前のスキルは通じない！」

「そ、そんなわけにいかないです、私もっ……！　むぅっ……⁉」

「技能封じ……何してくれてんのよ、こいつら……！」

　一本橋の向こうから逃げてきたのは五人――だが、何か様子がおかしい。

「玲人、敵が見えないと言っているわ。おそらく霊系の敵よ」

「ガス系ってのもいるが、どちらにしても見えるようにしないとな……」

『ディテクトルーン』は見えない敵に攻撃された時も効果はあるが、それでは後手に回ってしまう。

　別の方法で見えない敵を倒さなくてはならない――範囲の広い魔法で吹き飛ばす手もあるが、

この位置で他者を巻き込まないようにするのは難しい。

《正体不明の魔物が特殊スキル『恐怖の接触』を発動　浦辺連太郎が恐慌状態》

「うぁっ……あぁっ、あぁぁぁぁっ！」

「浦辺さんっ……きゃぁぁっ！」

霊体の魔物がよく使ってくる異常は『恐慌』――一定時間パニックを起こし、味方に対して攻撃することもある。

（まずいっ……！）

恐慌を起こした仲間を助けようと動いた人が狙われてしまう。足場に問題がなければよかったが、一本橋には手すりのようなものがない――それで端に近い場所で攻撃を避ければ、落下の危険がある。

「――危っぶねぇっ……！」

「あぁぁあ……あ、あら……？」

左手に『スピードルーン』、右手に『スピードルーン』――そんな重ねがけは普通やらないが、しっかり効果が増強された。『呪紋創生』で呪紋を混ぜられるようになった今なら、そういうこともできるらしい。

（さすがに速すぎて身体に無理がかかってるな……乱発はできないか）

「す、すみません、どこのどなたか存じませんが……っ」

「とりあえず切り抜けますよ……あれ？」

「……あ、あぁっ⁉」

パーカーのフードを被っていたので分からなかったが、よく見ると——姉崎さんが絡まれていたとき、一緒に捕まっていた人だった。

「ここで待っていてください！」

パーカーの人を下ろして、逃げてくる他の人たちを見る——浦辺は恐慌状態でも他の人より速いのか、追いつかれて応戦せざるを得なくなっている。

「——玲人、良かった……追いつけたわね……っ！」

「先生、もう空飛んじゃってるじゃないですかっ……速すぎですすっ！」

「そ、そうですわ、速いです……っ、はぁっ、はぁっ……」

雪理たち三人が果敢に前に出てきてくれたのはいいが、社さんと伊那さんは息が切れてしまっている。坂下さんは涼しい顔で走ってきている——黒栖さんも『転身』によるものか、俊敏な動きでも余裕がありそうだ。

（っと、見えないやつを見えるようにしないとな……！）

神聖系の攻撃魔法を使うことも考えられるが、その前に敵が見えないこと自体がパニックの原因になっているので、見えてしまえば状況は好転するはずだ。

《神崎玲人が特殊魔法スキル『ヒエラティックワード』を発動》

俺の腕に浮かび上がった光る文字列が空間に放たれ、拡散していく——その文字が見えなかった存在に貼り付き、おぼろげな輪郭が見えるようになる。

《魔物の正体が判明　アイススペクター三体　ヒュプノガスト二体》

「ゆ、幽霊っ……こんなのに俺たちは……っ、うぉぉぉっ！」

「ま、待って、合田くん、カメラ向けるから……っ、いいよっ！」

逃げていた少年がポケットから取り出してカメラを構える。こんな状況で撮影を優先するとは——だがそれを言うよりも優先すべきは。

「——幽霊対策がないなら手を出すな、やられるぞ！」

警告はしたが途中で攻撃を止められない。剣はアイススペクターに当たったかに見えた——だが、何の手応えもなく振り下ろされる。

《アイススペクターの反撃　『オーラドレイン』発動》

「うぁぁぁっ……ぁぁ……」

触れた相手から魔力を吸収する──魔力がこういう形で減少すると全身を虚脱感が襲い、動けなくなってしまうことがある。

「ちょ、ちょっと、やられるなんて聞いてないっ……わぁぁっ！」

敵の姿が見えるようになったために、カメラの少年は攻撃を避けた──それでもカメラを構えたままだが、今は置いておく。

「がぁぁぁっ！　来るなっ、お前らが俺の仲間をっ！」

「っ……目を覚ましなさいっ！」

切りかかってきた浦辺の剣を避けざまに、雪理が峰打ちを繰り出す──ほぼ同時に『リラクルーン』を発動させて、浦辺の『恐慌』を回復させる。

「……すま……ん……」

浦辺は正気に戻ったが、動くことはできない。それでも少年は構えたカメラを何かに向けている。

「撮影してる場合じゃない、ここは退いて……」

「ハヅキさんが敵に操られてるっ……助けなきゃ……！」

（話を聞いてないのかっ……！）

幽霊たちの後ろから姿を見せたのは、刀を持った女性だった。おそらくこのパーティで一番の手練れだ――しかし耐性がなければ、簡単に敵に回ってしまう。

ハヅキという人はおそらく剣士とスキルの種類が違う『刀術士』だが、間合いを一瞬で詰めるような技を持っている可能性が高い――と考えるのとほぼ同時だった。

《鷹森葉月が刀術スキル『絶空歩』を発動》

「っ……!?」

完全に間合いの外だと思っていたハヅキが想定を超えた速さで動き、雪理の反応が一瞬遅れる。

（『カウンターサークル』の効果で……いや、頼りすぎると危ない……！）

《神崎玲人が強化魔法スキル『スクリーンスクエア』を発動　即時遠隔発動》

《鷹森葉月が刀術スキル『示現流・切り落とし』を発動》

（とんでもない技……操られているとはいえ、完全に殺しにきてるな……！）

スクリーンスクエアは障壁を発生させ、受けたダメージを俺が肩代わりする技だが――俺の生命力が五桁とはいえ、少し削られたと分かるほど威力がある。

《折倉雪理が攻撃魔法スキル『スノーブリーズ』を発動》

「あなただったなんて……鷹森さん、目を覚まして！」

「……雪理ちゃん……嬉しい。前よりも強くなってるなんて、やっぱりあなたは期待を裏切らないわ」

「えっ……あの人、折倉さんの知り合いなんですか？」

「鷹森さん……中学二年まで、私たちと一緒だった方です。他県に転校して、別の学園に通っていると聞いていましたが……」

「そう……全国の決勝で、また戦えると思ったのにね。でも、雪理は来なかった……」

「……それは……」

雪理が決勝を辞退したことには理由があるとは思っていたが、今はそれよりも鷹森さんを正気に戻さなくてはならない――恐慌よりも厄介な状態異常だが、解かなくては。

「先生、幽霊は私たちがやりますっ……！」

「ああ、武器が通じるようにする！『ヒュプノガスト』には遠距離攻撃してくれ！」

「「了解っ！」」

『エンチャントルーン』を仲間たちに付与すると、武器が魔力を帯びる――黒栖さんと伊那さんは魔法で援護して、アイススペクターたちの体力を削っていく。

『鷹森葉月はヒュプノガストによる「操作」状態にかかっています』

『そうだよな……あの敵はガス状物質で、吸い込むと操られる』

肺に吸い込んだガスを浄化するか、外に出すか。選ぶべき方法は前者だろう。

――今回は何とかなったけど、ガスって人工呼吸で吸い出せるものなのかな？

――レイトがいなかったら、ファ……ファーストキスの覚悟で、人工呼吸しなきゃいけなかった。

――そ、そうですよね、ファ……いえ、心の準備が大切ですからね。

（前にもガストと戦ったのは幸いだったが、思い出す記憶がこれってのはどうなんだ……！）

「――さあ雪理ちゃん、決着をつけましょう。ここで会えたのは私たちの運命だから」

《鷹森葉月が刀術スキル『陽炎の構え』を発動》

刀を上段に構えた鷹森さんの姿が揺らぐ——足捌きによるものか、魔力が生み出す現象か。

刀を構えた彼女の姿が何重にもブレて見える。

「運命なんて、たやすく使う言葉じゃないって教えてあげる」

《折倉雪理が固有スキル『アイスオンアイズ』を発動》

雪理の目が青く輝き、辺りの温度が下がって感じる——幻の冷気が、雪理に相対する者の動きを停滞させる。

「その瞳……やっぱり貴女は選ばれた人。私には何もないのに……っ！」

「選ばれてなんていない。自分で生き方を選ぶことを、私は彼に教わったの……！」

鷹森さんと雪理、二人の気迫がぶつかり合い、空中に火花を散らす。

雪理は鷹森さんを助けるために動いている。吸い込んだガスを浄化する——そのためには、一瞬の隙を見逃さずに接近する必要があった。

「——やぁぁぁあっ！」

雷鳴のような鷹森さんの振り下ろし——だが、斬られたのは雪理の青い残像だった。

刀を戻すまでにすでに鷹森さんの懐に入り込んでいた俺は、無詠唱で呪文を発動させる——彼女を操っているモノを浄化するために。

2　警告

ウィステリアに憑依していた悪魔――エリュジーヌを倒す時に使った方法は、『チャージ・ルーン』の効果を反転させて、悪魔の魔力を吸い取るというやり方だった。

今回の場合はそれとは異なり、浄化の呪紋を対象の体内に直接送り込む――口の中に呪紋を流し込むという、少々手荒い手段で。

《神崎玲人が回復魔法スキル『クリアランス・スフィア』を発動》

「――!!」

鷹森さんが口を閉じる――こうなると、開けさせなければどうにもならない。

（やっぱりそうなるよな……だが……!!）


《神崎玲人が弱体魔法スキル『ウィークネスワード』を発動　魔力消費３倍ブースト　即時遠隔発動》

「——んぁあっ……⁉」

脱力を起こす呪紋『ウィークネスワード』は成功率に難があるが、消費魔力を上げることでほぼ確実に成功するところまで持っていける。

《鷹森葉月が脱力状態》

鷹森さんの腕に浮かび上がった呪紋が効果を発揮し、強制的に脱力が発生して少し口が開く——そこに右手で掴むようにして浄化呪紋の球体を送り込んだ。

「んくっ……んぐぅぅっ……！」

《鷹森葉月が神崎玲人に攻撃》

刀を無理やり振ろうとする鷹森さんだが、力が入っていなければ竜骨のロッドで簡単に受け止められる。呪紋はもう送り込めたので、俺は離れざまに刀を受け止めた。

「もう少しの我慢だ……すぐ浄化してやるからな……！」

「わた、しは……そんなこと……望んで、はっ……あぁぁあっ……‼」

《鷹森葉月の操作状態を解除》

「……あ……」

脱力して前のめりに倒れる鷹森さんを受け止める。仲間たちも可視化された幽霊たちを追い詰め、戦いは大詰めに差し掛かっていた。

「これで……っ、いきますっ！」

「――切り刻むっ！」

「私も……っ、せやぁぁぁっ！」

《黒栖恋詠が攻撃魔法スキル『ブラックハンド』を発動》

《社奏が短剣術スキル『クァドラブレード』を発動》

《伊那美由岐が棍棒術スキル『雷鳴撃ち』を発動》

魔力を帯びた武器による攻撃で敵の体力を削り切る――最後のアイススペクターが消滅し、これで周囲の敵は全滅した。

《アイススペクター三体　ヒュプノガスト二体　ランクＤ　討伐者　神崎玲人のパーティ》

《500EXPを取得、報酬が算定されました》
《姉崎優の恒常スキル『経験促進』によって獲得EXPが50増加しました》
《他パーティ救助により報酬が加算されました》

「よし……みんな、お疲れ様。無事に勝てたな」

「玲人、鷹森さんは……良かった、大丈夫みたいね」

「ん……雪理ちゃん……私と、もう一度……」

「──すっげぇ！　ヤバいですよ皆さん、めっちゃカッコよかったっす！」

そうやって声を上げたのは、カメラを持っている少年だった。さすがに今は撮影してないようだが、途中までは撮られてしまっていただろうか。

「いやー今のバトルは危なかったっすねー！　リスナーさんにもバカ受けで、同接がいつもの5倍近くになってたんすよ！」

「ピンチの時はカメラに気を取られない方がいい。俺たちが通りがかったからいいけど、そうじゃなかったら……」

「あー、全滅だったかもしんないっすね。でもそれはそれで面白いからOK……あっ、違うっす冗談っす！　助けてくれてありがとうございます！」

配信で人気を取るためなら命の危険をかえりみない──というわけでもないようで、少年の声はかすかに震えていた。

『ヒールルーン』で倒れている浦辺、合田を回復させる——坂下さんと姉崎さんが怪我を診てくれているが、重傷は避けられたようだ。

「すみませんイキっちゃって。自分、尾上ロウキって言います」

「俺は神崎って者だけど。ゾーン内から配信なんてできるのか？」

「最近できるようになったんすよ、許可さえ取れば。まあ、許可の継続のためには今みたいなのはほんとは危ないんすけど……ほんと、スンマセンっした」

「もう謝る必要はないよ。幾つか話を聞かせてもらってもいいか？」

「あ、はい、もちろんです！　自分は配信者のマネジメントとかしてるとこのスタッフで、ここには連休中の企画で来たんす。これ名刺っす」

少年のように見えるが、社員とあるので俺たちより年上ということか——といっても二十歳くらいだろうか。

「同接が増えたと言ってたが、有名な配信者なのか？」

木瀬君が質問すると、尾上君——いや、尾上さんは鷹森さんを見やりつつ答えた。

「桐咲ハヅキって聞いたことないですか？　界隈じゃ結構有名だと思うんすけど」

「いや、聞いたことはないな」

「ふだんは剣舞披露なんかの配信をやってるんすけど、連休スペシャル企画でゾーンに入ってみようってことになりまして。なんで、遊びじゃないんすよ。大真面目だったんすけど……」

「想定外の敵に会ってしまった、ということですわね」

「見えない敵の対策のゴーグル、持ってこうかって話は出てたんすけどね……それにしても、金髪のアナタも、皆さんもめっちゃ綺麗っすね！　ハヅキさんと戦ってた銀髪の彼女とか特にお姫様っぽいっつーか！」

「いかにも軽薄な言動だな。僕はこういうタイプは苦手なのだが……」

「ひぃぃっ、銃向けないでくださいよ、もう言いません、反省してます！」

　雪理の従者としての厳格さを見せる唐沢——俺も基本的に同意ではあるが、唐沢の迫力には勝てない。

「配信って、どういうものなの？　あまり見たことがないから分からないのだけど」

「こうやってゾーンに入ってるところを実況してるというか、そんな感じなのかな。いつも危険なことをしてるわけじゃないよな？」

「それはもちろんっす、今回は特別に解放されるっていうんでゾーン探索実況をやることになりましたけど、普段は歌ったり、他の配信者とゲームしたりしてるっすね」

「……鷹森さんは、なんでもできるタイプだったものね。華もあるし、確かに向いているんでしょうけど……」

「オーディションには中学の時に受かってたんすよ、彼女。学園対抗試合の全国大会に出るくらいだったって話ですけど、優勝は辞退しちゃったって……その後っすよ、うちのタレントとして活動を始めたのは」

「ま、まあ、当の本人が知らないうちにこんな話をされててもなんなので……」

「ああっ、そうっすね。えーと、戦闘のログが出てましたけど神崎君は強いなんてもんじゃないすね！　どっすか、うちのタレントと一緒にパーティ組むような仕事って……」

「だ、だめですっ……！」

「手当たり次第にスカウトしないで頂戴（ちょうだい）。玲人は私の……いえ、私たちのリーダーなんだから」

黒栖さんに腕をとられ、さらに雪理も勧誘をシャットアウトしてくれる。尾上さんは何を思ったのか、なるほどという顔をして口を噤（つぐ）んだ。

「神崎様、二人の意識が戻りました」

「学園管理のゾーンとは違って、離脱（リジェクト）はできないんだよな……徒歩で脱出できるか？」

「仲間が起きてくれさえすれば大丈夫だと思うっす。第1エリアには待機してる班もいるんで、ちょっと行ってきます！」

「尾上、俺らも行く。一人じゃやべえだろ」

「今回は散々だなマジで……すみません、本当に助かりました」

正気に戻れば浦辺さんは礼儀正しく、合田さんも気の良さそうな人だった。鷹森さんを連れていかないのか――と思ったが、仲間を呼んでくるということなら仕方がない。

普通に考えたら鷹森さんたちは撤退すべきだと思うが、それを決めるにも話し合いが必要なのだろう。

「……ああ、そうだ」

ふと思い出し、フードを被っている人の姿を探す——少し離れたところから見ていたその人は、俺が視線を向けるとビクッと反応する。

「あ、ありがとうございますっ、その節は二度も助けていただいて……っ」

「それはいいんだが、君は鷹森さんたちの仲間なのか？」

「いえっ、どちらかというと、ハヅキさん個人の知り合いで……」

「じゃあ、友達ってこと？　友達が危ないとこ行くみたいだから、心配でついてきたとか。どう？　当たりっしょ」

姉崎さんがフードの人の肩に手を置きつつ言う。ギャルらしくフランクな距離感だ。

「はぅっ……え、ええと、その……当たらずも遠からずというかですね」

鷹森さんの知り合いでこのゾーンにやってきて、同行していたということになるが——どうやら、戦闘に関してはあまり得意ではないようだ。

「……男、ということでいいと思うんだが……どう思う、唐沢」

「所作に思うところはあるが、男性だろう」

「あー、なんかひそひそ話してる。ちょっと男子——？」

木瀬と唐沢が何か言っているが、社さんに釘を刺されている。とりあえず、パーカーの少年と鷹森さんについては、尾上さんたちが戻ってきたら任せればいいだろうか。

ここで待つにも、一本橋の上というのは落ち着かないものがある。移動を始めなければいけない。

——そう皆に呼びかけようとした矢先に、ブレイサーが赤く発光して警報音を鳴らした。

『——警告　現在滞在中のエリアに隣接するエリアで異常な振動を検知しました』

イズミの声が終わる前に視界が揺れ始める。異常な振動という表現は地震のことか、それとも——どのみち、揺れ方が尋常じゃない。

「きゃぁぁっ……ど、どうしよっ、めっちゃ揺れてるけど逃げ場が……！」

「神崎、この地形はまずい……っ！」

唐沢が言った瞬間、一本橋の両端に見る間に裂け目が生じる——そして天井からの崩落も始まる。

（くそっ……一体何が起きてる……⁉）

《神崎玲人が特殊魔法スキル『リバーサルルーン』を発動》

《神崎玲人が特殊魔法スキル『グラビティサークル』を発動　魔力消費10倍ブースト　即時遠隔発動》

上方からの岩塊を、重力を反転させて押し戻す――だが、足場の崩壊はどうにもならない。ただの崩れ方ではない――黒い球体のようなものが発生して石造りの橋を削り取っていく。この感覚は、イオリが現れた時に似ている。何か、大きな力がこの場に干渉している――だが、やるべきことは変わらない。

《神崎玲人が固有スキル『呪紋創生』を発動　要素魔法の選定開始》
《強化魔法スキル　レベル6　『スクリーンスクエア』》
《強化魔法スキル　レベル4　『エンデュランスルーン』》
《回復魔法スキル　レベル5　『リプレニッシュルーン』》

呪文創生とともに『マルチプルルーン』を使い、効果対象を全員に拡張する――魔力の消費もそれだけ重くなる。

「っ……玲人、こんなに魔法を使ったら、あなたは……っ！」

「大丈夫だ、俺は何とかなる！　みんな自分の身を守ることを考えてくれ！」

『領域内の異常によりエリア移動が発生します　衝撃に備えてください』

もはや上下もわからず、視界は岩塊と崩落した橋で埋め尽くされる。『スクリーンスクエア』

で生み出した障壁がすべてを阻んでくれているが、激突の衝撃がそのままダメージに転換される。

受けたダメージを回復させるのは『リプレニッシュルーン』――時間経過による回復量がダメージと拮抗し、消耗を減衰させてくれている。

『玲人さんっ……きっと大丈夫です、信じてます……っ！』

『あなたの魔法で守ってもらっているから……！』

黒栖さんと雪理の声がブレイサーを介して聞こえてくる。落下する中で浮遊するような感覚が訪れ――そして、障壁の外側が白く塗りつぶされた。

◆◇◆

《――周囲の空間が安定しました　座標測定を開始します》

イズミの声が聞こえる。俺に話しかけてくるときとは違う、感情を込めないナレーションのような話し方だ。

《外部とのリンクが回復しました》

《エマージェンシーコール　回線をオープンにします》

『——神崎さん、聞こえますか、幾島です。神崎さん……』

「ああ、幾島さん、聞こえるよ」

『っ……良かった……』

「ごめん、今回も心配させて。交流戦でのことがあったのに、またこんなことに……」

『いえ、神崎さんの行動によってハプニングが起きているわけではありません。むしろ、神崎さんがいることで事態が好転することもあります』

「……ありがとう。俺たちはどこに飛ばされた？　仲間たちは……」

何気なく首だけを動かして、今自分がどうなっているか確かめようとする——しかし。

「……ん……」

「（うわっ……!?）」

身体を起こそうとして気づく——さっきから何か乗っているとは思っていたが、俺の上に雪理が覆いかぶさっていた。

（呼吸は安定してる……良かった、大丈夫そうだ……って……）

制服越しにでも、思い切り弾力が伝わってくる——これに今まで気づかずにいたのか。むしろ気づくべきではなかったというくらい追い込まれた状況だ。

『全員とリンクが回復したので、バイタルの確認はとれています。一番重傷なのが神崎さんというくらいで……あなたほどの人がそれほどダメージを受けるなんて、何があったんですか？』

「俺の場合は見た目のダメージは大きいかもしれないけど、案外平気だよ」

『そう……ですか。ダメージログを見る限りでは……いえ、こちらからも具体的に見えるわけではないので、心配のしすぎであればそれに越したことはないです』

だいたい１５００ダメージくらい肩代わりしたような感覚なので、幾島さんにどう見えているのかは分からないが、心配するのも無理はない。

自分を含めて10人を『スクリーンスクエア』で守り、岩塊や落下などによるダメージ全てを肩代わりした結果、結構ダメージが蓄積した――だが『リプレニッシュルーン』の徐々に回復する効果で、意識が飛んでいた間にかなり回復していた。

「……雪理はすぐ近くにいるんだけど、他の仲間の位置はわかるかな」

『では座標を共有します。鷹森葉月さんという方についても座標を追跡しています』

「ああ、ありがとう。彼女も先に脱出できれば良かったんだけど……」

「ん……あっ。おはよう、玲人……」

『折倉さんが起きられたようですので、一度通話をミュートにします』

幾島さんが気を遣ってくれたのはいいが――俺の上で目をこすっている雪理に対して、一体何を言えばいいのか。

「……きっと夢ね、起きたら玲人が私の下にいるなんて。もう少しだけ……」

「っ……」

思わず情けない声が出そうになる。雪理は再び俺の上にうずくまってしまった――この温かさこそが雪理が無事に生きている証明だ、と逃避している場合じゃない。

「雪理、えーと、何ていうか……その、起きてもらえると……」

「……すぅ……」

仲間を探すためにも早く起きなければならない、そのために待てるのはあと十秒――いや、そんなに早くしては可哀想（かわいそう）か。

どのみち雪理が起きたあとのことも思いやられるので、このまま不可抗力（ふかこうりょく）として起こさずにいるわけにはいかない。修羅場（しゅらば）を経てもサラサラのままの髪に目を奪われながら、俺は意を決して雪理の肩に触れ、そっと揺らした。

３　暗闇に光るもの

揺さぶるとしばらく雪理はむにゅむにゅとごねていたが、やがて薄く目が開く。

「……お、おはよう。起きてくれ、雪理」

「…………」

無言のまま雪理はこちらをじっと見つめる――しばらくしてそろそろと後ろに下がり、俺の上から降りてくれた。

そのまま俺から離れていき、背を向けて座り込む。気持ちを察してしばらくそっとしておいてやるわけにもいかないので、俺は身体を起こして立ち上がった。

「さっきの振動のあと、違うエリアに飛ばされたみたいだな」

「……ごめんなさい、か、勘違いを……」

「あ、ああ、夢うつつって感じだったな。それは、無理もないよ」

「……私、何か変なことを言ってなかった？」

「言ってないよ、それは保証する」

「…………」

無言のままで、座り込んだ雪理がこちらの様子を見てくる――こんないじらしい仕草を見せられると、守らなくてはという気分にさせられる。元から守るつもりではあるが。

「わ、私……何だか温かいとか、そんなことを考えてて……」

「温かいってのは大事だよ、生きてるってことだから」

俺も恥ずかしさでどうしようもないことを言っている――早く仲間を探さなくては。いや、そうでもなくても落ち着かなくては。

「幾島さんとは通話できて、仲間たちの無事は確認できたよ。でも、早く合流したほうがいいな」

「ええ……そうね、今の借りは後で返させてもらうわね」

「か、借りってこともないけど……」

むしろこちらが借りた気分だ、と言うと藪蛇なので黙っておく。幾島さんに呼びかけるとミュートが解除された。

『折倉さんにも今は聞こえていると思います、幾島です。無事で何よりでした』

「幾島さん、一体何が起こったのかは分かる？　状況を確認したいのだけど」

『第４エリアで起きた振動が、他のエリアにも伝搬してゾーン内の環境変化が起きました。皆さんは第２エリアのある地点から落下されたかと思いますが、その際に第３エリアに移動しています』

「そうなると、今までの経路では脱出できないってことか……幾島さんの方でルートは探せるかな」

『申し訳ありません、今までは公開されていた情報でエリアゲートの位置が判明していましたが、現在は変化しているようです。外部からの侵入も不可能になっていて……』

「……外部からの侵入は、時間が経てば可能になるのかしら」

『ゲート固定装置を搭載した車両は手配済みですが、到着まで時間がかかります。数が少なく、各県の討伐隊で共有していますので……』

「その車両が到着したとしても、外部と第一エリアをつなぐゲートが復旧されるだけ……ってことになるのかな」

『はい、ゾーン内に侵入できるものではありませんので……ただ、第1エリアから外に出ることは可能なはずです。エリア間が断絶していたら、こうして通信することもできなくなるはずなので』

つまり、ゾーン内のエリア同士は繋がっている――探せば第2エリアに戻ることも、第4エリアに進むこともできるということか。

「とりあえず、何をすべきかは見えてきたな……また前みたいにマップを作れるかな?」

『神崎さんのスキルで照らした範囲のマップを作成することは可能です。ですが、パーティメンバーの現在座標から推測すると、第3エリアは非常に広大です』

「そんなに広いのね……探索には時間がかかるということかしら」

『はい、おそらくは。可能であれば、拠点を見つけた際には休息も選択に入れてください。携行された食料や水の残量も考慮して……いえ、これについては、安全な場所にいる私が言っていいことではないですね』

「そんなことはないよ。幾島さんがいてくれていつも助かってる」

『……角南さんも心配していますが、折倉さんの家の用事についてはスケジュール調整の申し入れも可能ということで、交渉しているようです』

「角南にもありがとうと伝えて。私は大丈夫だから、休める時に休むようにとも」

雪理が言うと、しばらく幾島さんが間を置く——言うべきか迷っている、というように。

『……お嬢様は私の心配をされるだろう、とおっしゃっていました。そんな折倉さんだから、慕（した）われているのだと私は思います』

「そ、そう……幾島さん、あなたって……」

『すみません、不快な思いをさせてしまったでしょうか』

「……全（まった）くそうではないけれど。外に出てから伝えるわね」

『……？　では……神崎さん、マップの作成を始めますか？』

「ああ、仲間を探しながらがいいな。一番近くにいるのは……鷹森さんと坂下さんか。黒栖さん、伊那さんたちは別の場所に固まってるな……」

《神崎玲人が強化魔法スキル『マルチプルルーン』を発動　魔力消費８倍ブースト》

《神崎玲人が特殊魔法スキル『ライティングルーン』を発動》

俺たちの周囲を巡回する光球が16個発生し、それぞれ別の方向に飛んでいく。光球の明かりが照らした範囲のマップを幾島さんが生成して、パーティでデータが共有される。

《マップ作成中　しばらくお待ち下さい》

《…………マップ完成率　0．01％》

約10秒待ってこの進捗(しんちょく)ということは、完成までは10万秒——27時間以上もかかることになる。

「これは探索し尽くすのは骨が折れるな……幾島さん、『ライティングルーン』で照らした範囲に別エリアに移動する出入り口があったらそれは検知されるのかな」

『はい、検知は可能です。ただ、マップ作成範囲に入るまではその出入り口が先に進むものか、第2エリアに戻るためのものかは分かりません』

「ああ、出入り口があるとわかれば大丈夫。それにしても、さっきまでと随分(ずいぶん)地形が違うな……」

今までは人工的な石床が敷き詰められていたが、今は床も壁もゴツゴツとした岩がむき出しになっており、学園管理のゾーンである『洞窟(どうくつ)』の内部にも似ている。

「遺跡の下層には地下洞窟があった……ということ？」

「一本橋が崩れて落ちたとはいえ、ゾーンの中だからな……実際にあの場所の地下なのかはわからないな。雪理、足元に気をつけて」

「ありがとう、なんだかトレッキングでもしてる気分ね……」

トレッキングは山歩きのことだが、確かにこのエリアでは山道にありそうな植物が目につく。木が生えているようなところもある――少ない光でも生育するような独自の進化を果たしたのだろうか。

「何か実が生ってるな……」

『鑑定スキルを使用されますか？』

『ああ、使ってみるか』

声に出して返事をすると雪理も気になると思うので、念じるだけにしておく。そして、俺は木のつるに垂れ下がっているオレンジ色の実を手に取った。

《神崎玲人が『鑑定』を発動　果実の鑑定に成功》

《メイズプラントの実　糖分、水分、各種栄養素を含んでいる》

《食用に利用できるが、熟して色が紫に変化したものは毒性がある》

《種子は『調合』に利用できる》

「これ、食べられるみたいだな……結構皮は剝けやすいみたいだが……」

「探索が長引いたときのために、食料を見つけておくに越したことはないわね」

雪理は俺が食べるところを見ている――ちょっと落ち着かないが、とりあえず果肉を食べてみる。

「……普通に美味い……というか、クセになりそうな味だな。雪理はどうする？」

「じゃあ、少しだけ……んっ……甘い。思ったより酸味や青臭さはないわね。それどころか、すごくいい香りがする」

せっかくなので果実一つを二人で分けて食べたが、結構満足感があった。

「果肉がとろっとしていて……品種改良しなくても食用に適しているなんて、ゾーンの植物は不思議ね」

「色が変わると毒があるみたいだから、それは気をつけないとな」

「……玲人、ちょっとじっとしていて」

「ん……」

雪理がこちらに身を乗り出してきたかと思うと、指でちょい、と口元を拭われた。

「口についているわよ」

「っ……あ、ありがとう」

「近くで見ているとそういうことにも気がつくものね。バディとしては、パートナーのそういうところは放っておけないわ」

「いや、面目ない。もう少ししっかりしないとな」

「ふふっ……完璧よりも、何かできることがある方が、私は良いと思うのだけど」

　俺も同じようなことを考えてはいる――雪理はこの状況にあっても落ち着いているし、完璧というしかないから。

《マップ完成率　１．２％》

《――マップ作成範囲内に坂下揺子様、鷹森葉月様の生体反応を確認しました》

《そのほかに２つの生体反応　及び魔物反応あり》

　雪理にも幾島さんからの通知は聞こえている。俺たちは視線だけで意思疎通（そつう）し、二人して走り出した。

「俺たち以外にも飛ばされた人たちがいる……その人たちも、放ってはおけない……！」

「ええ、急ぎましょう！」

　雪理は剣を持っているのに走るのが恐ろしく速い――だが少し後ろについて走ると、速すぎるがゆえにスカートが危うくはためく瞬間がある。

　無言で加速して雪理の隣に並ぶ。雪理はそれをどう思ったのか、楽しそうに笑ってさらに加速しようとする――速さ競争をしているわけじゃないのだが。

『――ああっ、全く苛々（いらいら）する……刀で切れないものは本当に……っ！』

『お姉ちゃん、アカン！　ウチがなんとかするからはよ逃げなっ！』

『くっ……打撃が通らない相手……そんなもの、私は認めな……っ、あぁっ……！』

「坂下さん、返事してくれ！　坂下さんっ！」

坂下さんとの通信回線を開いても、戦闘の状況が伝わってくるだけで返事がない――それも、劣勢であることが伝わってくる。

『なんかこのゾーンに来てから、毎回助けるパターン入ってないか……!?』

『ゾーン内で苦戦されている探索者が多いためだと考えられます』

それはそうだが――と、イズミと問答をしている場合じゃない。

《鷹森葉月が刀術スキル『示現流（じげんりゅう）・切り落とし』を発動》
《G（ジャイアント）スラッグ変異種が防御スキル『コーティング』発動　斬撃を無効化》
《坂下揺子が格闘術スキル『烈火崩拳』を発動》
《Gスラッグ変異種の肉質による打撃無効化》

「また攻撃を無効化する魔物……そんな魔物ばかり……っ！」

雪理が憤（いきどお）るのも無理はない、耐性持ちの魔物が頻繁（ひんぱん）に出てくると言いたくもなる。

坂下さんたちが戦っているのは、名前からしてスラッグ――すなわちナメクジだ。斬撃無効化、そして打撃の無効化――弱点属性を突けない状況では厳しい。

《Ｇスラッグ変異種が特殊スキル『絡め取り』を発動　鷹森葉月から『天狗切・影打（かげうち）』を奪取》

『――こらぁっ、返したらんかいっ！』

《斑鳩（いかるが）ナギが陰陽術スキル『式符・風刃尾（フウジンビ）』を発動》

斑鳩という名前――確か姉妹二人に少年一人と言っていたが、ここには一人だけしかいない。

『相性悪いんか……風ならちょっとは通るはずやろがいっ……い、嫌やっ……！』

『こ、このっ……うぅっ……な、何をっ……』

《Ｇスラッグ変異種が特殊スキル『拘束（こうそく）の触手』を発動　鷹森葉月、斑鳩ナギが拘束状態》

《Ｇスラッグ変異種が特殊スキル『粘液の濁流』を発動　坂下揺子が鈍足状態》

ようやく敵の姿が見えた――ジャイアントスラッグ変異種。その大きさには正直を言って面食らってしまう。

「――揺子（ようこ）っ……！」

「雪理、氷なら通じるかもしれない！」

《折倉雪理が攻撃魔法スキル『スノーブリーズ』を発動　Gスラッグ変異種が一部凍結》

《Gスラッグ変異種の攻撃スキル『飲み込む』をキャンセル》

ゾーンの深部にいるような魔物だ、食料が少ない環境でも生きていけるのだろうが、決まって魔物は人間を狙ってくる。

――だからこそ、奴らを倒すことに遠慮（えんりょ）はいらない。

4　式神

《神崎玲人が弱体魔法スキル『Dレジストルーン』を発動　即時遠隔発動》

《神崎玲人が攻撃魔法スキル『フォースレイクロス』を発動　即時発動》

魔法抵抗力を下げてからの攻撃魔法――放たれた光はナメクジの頭部らしい部位を射貫（いぬ）く。

《Gスラッグ変異種が回復スキル『自己再生』を発動》

貫通した部位が瞬時に再生する――生物として明らかに出鱈目でも、魔物とはそういうものだ。

「お嬢様っ……いけません、接近しては……っ」

「……これくらいっ……！」

《折倉雪理が剣術スキル『雪花剣』を発動》

隙あらば坂下さんを飲み込もうと動く触手を、雪理が牽制する――斬撃を無効化されても冷気属性だけは通り、触手が切り裂かれる――しかし。

「きゃぁっ……！」

破裂した触手が粘液に変化し、雪理に降り注ぐ――鈍足効果が生じたところで、再び本体から無数の触手が伸びてくる。

「あかんっ、全員捕まったら一巻の終わりやっ……逃げてっ！」

「それはできないな」

「え……に、兄やんっ……！」

俺のことを言っているのか――分からないが、今はそれはいい。

「――好き勝手してくれたな、化け物」

巨大ナメクジの懐（ふところ）に潜り込み、呪紋（ルーン）を放とうとする――触手は反射的に俺を捉え、そして口に放り込もうとする。

（今だ……！）

俺は『呪紋創生（ルーンクリエイト）』を発動し、『スクリーンスクエア』『エンデュランスルーン』『シェルルーン』を複合させる――以前にも使った防御呪紋による結界だ。

「――玲人っ！」

「神崎様っ！」

ナメクジに飲み込まれ、体内に入り込む――溶解液を防御壁で防ぎながら、魔物の力の根源を探す。

（ロックゴーレムと戦ったときもそうだったな……）

攻撃が通じにくくても、再生力が高くても、倒せない魔物はいない――力の源となる『核』が存在するならば。

《神崎玲人が攻撃魔法スキル『バニシングサークル』を発動》

核に向けて手をかざし、摑（つか）むようにイメージする。

魔物の体内は蠕動を止め、ピタリと動かなくなる。そして黒いナメクジの身体は溶けるようにして崩れていった。

《Gスラッグ変異種　ランクD　討伐者：神崎玲人》
《神崎玲人様が1000EXPを取得、報酬が算定されました》

ユニークモンスターではなく、それもランクＤ――もしかするともっと違う倒し方があるのかもしれない。


「みんな、無事か……って……」

「……粘液まみれになってしまいました。溶解液などではなくて良かったですが」

「臭いなどは耐えきれないほどではないですが……このままの服では、とても……」

「私も浴びてしまったけど、そんなことを言っている場合じゃないわね。早く脱出経路を探さないと」

『こちらの粘液は鈍足効果を持つだけで、それ以外の害はないようです』

『そうは言うけど、いい気分はしないだろうな』

『成分を分析したところ、肌の保水効果などがありそうですが……』

『それでも、気分的な問題だな』

『スキンケアには専用の品を使用するべきということですね』

イズミによって粘液が肌に悪いわけではないとは分かったが、なるべく早く落とした方がいいのは間違いない。だが迷宮内でどうすれば——と考えたところで。

「水で洗うことができれば、俺が呪紋で乾かすことはできるな……」

「あ、あのう……」

「ん……？」

服の裾を引かれて振り返ると、『斑鳩ナギ』と通知されていた人が立っていた。

ミディアムボブの髪を一筋束ねていて、和服をベースに改造したような装備をしている。着物の前の合わせをゆるくしているために、胸元のサラシが見えていた。

粘液で全身が濡れているので、首元から胸に流れ込むのを気にして拭っている——と、あまり見てはいけない。

「ありがとうございます、助けてくれて。ウチは斑鳩ナギって言います」

「俺は神崎玲人……良かった、君を探してたんだ。祓魔師の人がここに来てるって聞いて」

「えっ、ウチらのこと知ってるんですか？」

ナギは大きな目を見開いて驚く——だが、すぐにその表情は曇ってしまう。

「さっき警報が鳴った後に、ウチだけ姉やんたちと違うとこに飛ばされて……たぶん、姉やんはもっと奥に行ってると思うんやけど。あ、祓魔師っていうのはウチのことやなくて、姉やんのことなんです。もう一人男の子がおるけど、その子は姉やんの護衛なので」

「教えてくれてありがとう。奥に行ったって、第４エリアに行ったのか……」

「ウチのコネクターで姉やんたちと少しだけ連絡はできたんですけど、すぐ切れてしまって。奥に行ったかもしれへんのは、姉やんが依頼を受けて来たからなんです」

「その依頼って……第二討伐隊の隊長からとか？」

「あっ……え、えっと。こんな状況やから隠してる場合でもないですよね……そうです、綾瀬さんって人からの依頼です。あの人らは第４エリアに行こうとしてて、ウチらもそれについていってたんです」

　ここに来た目的は祓魔師を見つけ、綾瀬さんに会うことだ——そのためには、まだここから脱出することはできない。

「第二討伐隊の状況を確認できないかしら……ナギさんは通信できる？」

「討伐隊は軍用のリンクを使ってるので、ウチからは通信できないです……あー、どないしよ……」

「ひとまず俺たちと一緒に来た方がいい。さっきみたいな魔物が他にもいるだろうしな」

「ああっ……いいんですか？　ウチ、あんまり役に立てへんけど……」

「そんなことはありません、あなたの攻撃で魔物の動きが遅れましたし……そうでなかったら、今頃私たちは……」

「刀を奪われて粘液まみれになる配信者……ああ、困ります。再生回数を選ぶか、お蔵入りにするか」

「えっ……鷹森さん、もしかして今の戦闘を……？」

「尾上ディレクターのカメラ以外でも、私の頭の後ろから撮っている感覚で撮影できるんです……この機器で」

鷹森さんはそう言って髪飾りを指差す——確かによく見ると、超小型の全方位カメラだ。

「ふふっ……もし使わなかったら、神崎玲人さん。あなたにプレゼントしましょうか」

「っ……い、いや、俺は別に……」

「鷹森さん、玲人は真面目な人なの。からかわないで」

「魔物を倒すところをしっかり撮れてしまっているから、いつでもデビューできますよ？　雪理ちゃんも一緒にどう？」

「あなたが映っているところの端に映ってしまうくらいは仕方がないけれど、できれば隠しておいてね。本当は、そんな緊張感のないことをしてる場合じゃないのよ」

「ああ……その厳しいところも相変わらずね。神崎さんが羨ましいわ、毎日雪理ちゃんに睨んでもらえるなんて」

「いや、雪理は優しいし、そんなに睨んできたりは……」

フォローしようとしたが、逆に雪理に睨まれてしまった——特に『優しい』というのがよくなかったらしい。

「あー、ええなあ……仲良くて。ウチも彼氏作りたいなぁ」

「……彼氏？　そんな生易しい関係じゃないわよね。雪理ちゃんを守るサーヴァント的な存在なのよね？」

「えーと……まあだいたいあってるかな」

「流されているわよ、鷹森さんのペースに。話は後にして、他の人たちを探しましょう」

戦闘中にもマップ生成が進み、気づけば３％になっている。マップを詳細に見たいと念じると幾島さんが応答してくれて、俺の意識にマップを投影してくれた。

『幾島さん、さっき果物の木を見つけたんだけど、そういう座標も記録されてるかな？』

『はい、記録されています。マップ作成時に発見したものについても記録されています』

幾島さんの作成してくれた地図を見ると、先程発見した果樹が他にも一箇所（かしょ）ある――魔物は他に見つかっていないようだ、と思った瞬間。

『――黒栖さんたちのいる座標近くに魔物が出現したようです』

「みんな、黒栖さんたちの所に急ごう！」

「ちょっ、まっ……さっきから言おうと思ってたんですけどっ、兄やんの魔法凄（すご）っ、ウチの足速くなりすぎっ……！」

「本当にね……サポート魔法が使える人がいると、いろいろ夢が広がってしまうわね」

「玲人はサポートだけじゃなくて何でもできる人なのよ。勘違いしないでね」

「お嬢様……いえ。私も全く同意見でございます」

普通に聞こえているので照れるが、『スピードルーン』を評価してもらうのは素直に嬉しい。

自分で戦うのもいいが、援護に回るのも性に合っている。

『な、なんですかこのカエルは……っ、大きければいいってものじゃありませんわ！』

『ひぇえっ、皮が厚すぎて刃が通らなっ……あぁやめてっ、食べないでーっ！』

『社さんを離してくださいっ……えぇーいっ！』

『こういう大きい魔物は、眠らせる方がいいと思います！　ボクがやりますね……！』

（あのパーカーの人、相手を眠らせる技が使えるのか……って、見えてきたな……あれか……！）

視界に入ったのは大きなカエル――これもまた変異種なのか、全身が黒い皮膚で覆われている。

その瞳を赤く輝かせながら繰り出された舌が、社さんに向けられる。

（間に合えっ……って……）

《クロックトードが特殊スキル『ストップタン』を発動　社奏が停止状態》

「っ……う、動けな……やばっ……」

タンというのは舌のことか――停止効果を付与された社さんは回避しようとした姿勢のままで固まっている。

《クロックトードが特殊スキル『ストップタン』を発動　伊那美由岐が停止状態》

「こ、この、距離で……舌……長……っ」

（この位置ならカエルを貫ける……これで行けるか……っ！）

『フォースレイクロス』を発動させれば、カエルの追撃前に倒せる――そう判断すると同時に。

《名称不明の人物が支援スキル『スリープソング』を発動　クロックトードが昏睡》

暗い空間に、反響せずに『音』が伝わる――それは歌詞のない歌、ハミングだった。

「これならウチの式符が使える……っ、カエルには蛇や！」

《斑鳩ナギが陰陽術スキル『式符・大蛇』を発動》

ナギが懐から出した札をカエルに向ける——すると札の中から出てきた巨大な蛇が、一瞬でカエルを飲み込んでしまった。

「……良かった、このカエル人を飲み込んでたりはせえへんな。まあ、それやったら蛇に吐き出させるけど」

「凄いな……これが陰陽術か」

『旧アストラルボーダー』において陰陽師の存在を聞くことはあっても、戦う姿を見たことはなかった。この現実においては見る限りでも、かなり強力なスキルを持つ職業だ。

「このカエル式神にできるみたいや。してもええかな？」

「ああ、そんなこともできるんだな」

《斑鳩ナギが陰陽術スキル『式符生成』を発動 『式符・黒蝦蟇』を作成》

《クロックトード　ランクC　討伐者：神崎玲人のパーティ》

《神崎玲人様が2000EXPを取得、報酬が算定されました》

「はい、式符は兄やんにあげる。まあなかなか使われへんかもしれんけどな、式符は陰陽師以外が持ってても宿った魔物の力を使えるようになるんや」

「あ、ありがとう……斑鳩さんが使った方が良くないか？」

「ウチのことはナギでええよ、姉やんも斑鳩やから」

「じゃあ、ナギ……でいいのかな。それと、君も名前を教えてくれないか？」

「あ……え、えっと。ボクはハルって言います。名前は不明って出ると思いますけど、それはちょっと事情があってのことなので……」

「ハルは私の友人です。私のことが心配で来てくれたので、怪しい人じゃないわ」

どうやって『名称不明』なんていうふうにプレイサーに認識させられるのか聞いてみたい――とか、それも野暮なのだろうか。

『……スリープソング、か』

『如何なさいましたか？』

『いや、見覚えがあるスキルだったから。まあ、偶然だよな』

俺が『スリープソング』を見たのはどこだったか――『アストラルボーダー』にログインしたとき、桜井ソアラさんが使っていた。

「……ど、どうかしましたか？」

「いや、何でもないよ。そのマイク、スキルを使うために使うのか？」

「あっ、ヘッドセットのことですか。そうです、今回は音を大きくするために使ってます」

「そうか……皆を助けてくれてありがとう」

「いえ、ボクも神崎さんに助けてもらいましたから。神崎……玲人さん、っていうんですね」

「ああ。ここから脱出するまでは一緒に行動しよう、さっきみたいに厄介な魔物ばかりだからな」

カエルも粘液攻撃をしてきたのか、黒栖さん、伊那さん、社さん——そしてハルも粘液まみれになっている。

「……唐沢と木瀬は大丈夫かな」

「早めに見つけないといけませんわね……あっ、駄目ですわ、そんなに近づいては……っ」

「このヌルヌルだけはなんとかしないと、乙女のピンチですよー……やばーい、結んでる髪もぬるぬる……」

「私は少しだけで済みましたけど……動き回っていると、その……」

ゾーンの奥で身体を洗いたくなったらどうするか——これは、長丁場でゾーンに挑む際には今後も問題になりそうだった。

5　迷宮の秘湯

唐沢と木瀬君も魔物に襲われていたが、物陰に隠れて射撃する方法で対処しており、接近して粘液を被ることは避けていた。

「やはり決定打がないのが我々の欠点だな……神崎、世話をかけたな」

「ああ、でも二人の攻撃は効いてたよ。カエルの生命力が強いだけで」

「弱点を狙うことも意識しなくてはいけないな。僕のスキルではまだ精度が低い」

『フォースレイクロス』でクロックトードの二体目を倒し、今度は魔石を一つ見つけた。そしてカエル自体を見ていて気になることが一つあった——このカエルを鑑定したらどうなるのだろう。

《クロックトードの肉　ランクＣ　腐敗率０％》
《巨大なカエルの肉。食味は鶏肉に似ている。加熱調理が推奨される》

『玲人様、こちらの肉は身体能力を向上させる効果があるようです。「速さ」の経験が得られるようですね……１ポイント向上させるために大量に食べなければならないので現実的ではありませんが』

『食べようと思ったわけじゃなくて、もしもの時を考えて鑑定してみただけだよ』

『魔物食は探索に時間のかかる特異領域でも滅多に行われておりませんので、ごく一般的な意見だと思われます』

　速さが上がるということなら、このカエルを常食にしたら——と考えはするが、イズミの言う必要な摂取量はとんでもない量だったので、試すのは現実的ではない。

脱出に数日かかるという事態にならなければ、魔物食に手を出さなくても携帯食料だけで持つとは思う。だがこのエリアは蒸し暑く、飲用水のほうは残量が心もとない。

「水は探索しながら探してみるとして、あとは姉崎さんだな」

『先程、マップの範囲に姉崎さんが入りました。付近に魔物は出現していません』

「姉崎さんは運がいいですねー、このエリアで魔物と戦うのはこりごりですよ」

「場合によっては戦闘は避けられないけれど……姉崎さんは何をしてるのかしら」

『……何かを見つけたそうです。その……おんせん？　温泉ですか？　すみません、通話が繋がりましたので私を介して回線を接続します』

ゾーンの中でネットが使えるわけじゃないので、幾島さんの能力で俺たちの間で擬似的なネットワークを作ってもらっているという感覚だ。

『あ、みんなも繋がった？　良かったー、みんな怪我ないみたいで。なんか湯気がすごくて、近づいてみたら温泉が湧いてたんだよね。凄くない？』

『ゾーンの中の環境も不思議なもんだな……』

『……あ、あの。先生に、ちょっとお願いがあるんですけど』

『え？』

社さんがおずおずと会話に入ってくる。『先生』というのは俺のことらしいが、まだ返事をするのは慣れない。

　それどころか、同行しているメンバーを見ると、みんな何か言いたげにしている——一体どうしたのだろう。

『温泉があるなら、このヌルヌルしたやつを落としたいなー……なんて思ったりしちゃったんですけど。こんなゾーンの中でお風呂とか、呑気すぎますか……？』

『あ……そ、そうか。でも、温泉っていっても入れるようなものなのかな』

『ちょっと熱そうだけど、ぬるくする方法があったら入れるんじゃない？　っていうか、みんな入ろうとしてる？』

『それは……やむを得ない事情があるのよ』

『えー、めっちゃ気になるー。じゃあ、あーしはここで待ってるね。トウカちゃんは近くに魔物はいないって言ってくれてるし』

　トウカと言われて最初誰のことかと思ったが、幾島さんの下の名前だ。

　それにしても、姉崎さんが無事で良かった——それでも一人にしておくのは危険なので、通信が切れたあと、俺たちは足を速める。

　確かにナメクジとカエルの分泌物なんて被ってしまったら、一刻も早く洗い落としたいという気持ちは分かる。ここは仲間たちの心情を考えるべきだろう。

「皆が温泉を利用するのなら、僕たちが見張りを務めなくてはな」

「ああ、そうだな。あのハルという人を含めて四人なら、四方を見張ることができる」

「あ……え、えっと。その、ボクもできれば……」

「じゃあ、時間をずらして一人だけ入ることになるけど」

「……やっぱり身体を拭くだけにしておきます」

そんなふうに遠慮しているハルを、鷹森さんが見ている——知り合いだからなのか、ちょっと楽しそうな顔だ。

「鷹森さん、あの人……ハルさんと知り合いでも、一緒に入るなんて言わないでね」

「ふふっ……雪理ちゃんったら。大丈夫よ、心配しなくても」

「入浴した後に、ふたたびあの種の魔物と戦うことは避けたいですね……」

「あっ、そ、そうですよね……次からは私が偵察をしてきて、避けられるようにしましょうか」

「私も逃げ足には自信あるので、次は不覚はとらないですよ」

黒栖さんと社さんが斥候役を買って出てくれている——だが、今後の戦闘は事前のルート選択で避けられるだろう。

幾島さんの作成したマップ上では、魔物は赤い点で表示されている。それぞれの間隔はかなり広いので、避けて通るのは難しくはない。

姉崎さんのいる地点に来ると大きな岩があり、その向こう側に湯気が立ち上っていた。湯の溜まっている池――洞窟に湧いた温泉の周辺はかなりの熱気だが、『アダプトグラム』を使っているので高温多湿も気にならない。

「青い濁り湯か……こんな温泉もあるんだな」

「レイ君、どう？　このままじゃ入れないよね……」

「温度もそうだけど、泉質についても調べないとな」

『イズミ、温泉も「鑑定」でいけるか？』

『はい、「未鑑定の液体」を鑑定することと同義です。プレイサーで判別できるのは、すでに登録されている温泉の場合のみですので』

「それなら、私のスキルで温度を下げるわね。お湯の温度を調節することもできるでしょうし」

「その手があったか。頼むよ、雪理」

雪理が『スノーブリーズ』を使ってお湯の温度を下げてくれたあと、水面に手をかざして『鑑定』を発動させる――すると。

《神崎玲人が『鑑定』を発動　温泉の鑑定に成功》

《ナトリウム塩化物泉　人体に影響なし、入浴などに使用可能》

《肌の保湿に効果のあるメタケイ酸などの成分を含む》

「……普通にいい温泉みたいだな」

「レイ君、それだけで分かっちゃうの？　ぺろっ、これは美肌に効く温泉！　とかやったりしないの？」

「『鑑定』のスキルを持ってるから、温泉の泉質もわかるんだ。これだけお湯があれば俺のスキルで飲み水を作ることもできる」

「そのときも私が『スノーブリーズ』で冷ませばいいわけね……魔法の良い練習になりそうね」

「いいんですかそんな、風峰学園のスノープリンセスがウォータークーラーみたいな……っ」

「そこは素直に感謝するべきですわ。社、水の残量は十分ですの？」

「えーと、残り水筒の三分の一くらいです。お水～、お水をお恵みくださいぃ～」

「あ、あの、私はまだ残っているので、良かったら……」

「黒栖さん、社の冗談を真に受けると損をするぞ」

木瀬君に言われて社さんは「てへぺろ」としていて、黒栖さんは戸惑っている——彼女のその優しさは、有り体に言って尊いと思う。

「レイ君がめっちゃいい顔でこよこよのこと見てる……これが後方彼氏面ってやつ？」

「い、いや、俺がいる位置は前方だし……」

「……揺子、姉崎さんの言っている後方……というのは何？」

「お嬢様に申し上げますと、それはライブ会場などで後ろの方に立ち、アイドルに対して特別な人のような雰囲気を出す人を指します」

坂下さんはそう言って腕を組んで立ってみせる。彼女にそういう知識があるのは意外だが、日頃からネットに触れていればどんな情報が入ってきても不思議はないか。

「それは……黒栖さんのようにアイドルのような衣装なら、そういった視線で見てもらえるということかしら」

（なっ……！）

思わず声を出してしまいそうになる。黒栖さんの『転身』はどちらかというと魔女っ子の変身を想起させるのだが、アイドル的な要素は確かになくもない。

「雪理ちゃんもそんなふうに見てもらいたいのなら、私が可愛い服を送ってあげましょうか。私はＶの身体を持っているから、自分がそういうものを着ることはないのよね」

「Ｖの身体……鷹森さん、急に新しい言葉を出されるとついていけないのだけど」

「そうね、無事に外に出られたら一度お話ししましょうか。ライバルのあなたと電話なんていけないと中学のときは思っていたけど、今は少し柔軟になれたから」

「あの、よろしければ鷹森さんと折倉さんのご関係について聞きたいのですが……風峰学園では、私が折倉さんのライバルですので……い、いえ、ライバルというには烏滸がましいですが」

伊那さんがおずおずと話に参加すると、鷹森さんは切れ長の瞳を細めて伊那さんを見る──

上から下まで。

「伊那さん……いえ、美由岐ちゃん。金色の髪でツインテールなんて、可愛いを体現しているわね。坂下さんと同じようにメイド服を着てみたらどう？　とても似合うわよ」

「か、可愛い……体現……？　い、いえ、そんなにはっきり言われると、どう反応していいのか……私なんて全然可愛いとかでは……」

「美由岐さんは自信持っていいですよ、ツインテールが似合うってそれはもうアイドルみたいなものですから。素質ありありですから」

話し始めると全く止まらない――姦しいという漢字の成り立ちはこういうことかと実感せざるを得ない。

『マップ完成率　現在4．5％です』

『幾島さん、何か発見できたものはあったかな』

『今のところ、調査するべき対象は見つかっていません。魔物については大きく移動するようなものは見受けられません』

一時間近く経過してこの進捗なら、温泉で少し時間を使っても大局に影響はないだろう。救助するべき人が見つかったときはすぐ動けるように構えておく必要はあるが。

「ん……そういえば、ナギって子は？」

「ナギさんなら、途中で見つけた果物を食べてると思うわ。ハルさんと一緒に」

雪理が食べられる果物だと教えたら、よほどお腹がすいていたらしく二人で食べ始めたらしい――果樹は進行方向にいくつか見つかっているので、足りなくなったら採取すればいいだろう。

「……この岩の向こうで着替えられそうだけど。あっちの方向からは普通に見えてしまうわね」

「ああ、それなら認識阻害のスキルを使って見えないようにするよ。『ジャミンググルーン』っていうんだけど」

「そのスキルで本当に認識が阻害されているか、確認する方法は……い、いえ、神崎さんのことですから、信頼する以外にはありませんわね」

「私たちは見えていないと思っているのに、神崎さんからは見えている……いいわね、面白い企画だわ。雪理ちゃんもドキドキするでしょう？」

「わ、私は……玲人のことを信頼しているから、そんな疑いはかけないわ」

鷹森さんは冗談で言っているのだろうが、黒栖さんがあたふたしている――そんな反応をされるということは、俺もいわゆる狼であると思われているということか。

「とりあえず俺たちは北と東で見張りをする。何かあったら呼んでくれ」

「地図で見ると東に果実があるようだから、僕はそれを採取してくる」

「ああ、気をつけてな。俺は南で、ハルは西……西は見張らなくても俺から見えてるから、洗濯を手伝ってもらおうかな」

「はい、何でも言ってください。返しきれないくらいのご恩がありますから」

フードを深く被(かぶ)ったままでハルが言う。なぜ顔を隠しているのかというのは、あえて聞くべきではないか——それにしても気になるが。

「はい、ジャンケンで負けたので服のほう持ってきました。ぬるぬるべちゃべちゃですけどよろしくお願いします、先生」

「はは……結構大変そうだけど、承(うけたまわ)ったよ」

社さんが代表で運んできた服を『グラビティサークル』で重力制御して浮かせる。維持しているだけでオーラを使うが、それくらいは必要経費だ。

要件を終えて戻っていくかと思いきや、社さんが近づいてくる——そして、小さな声で言う。

「洗濯物の内容は人それぞれ違うんですけど、あまり気にしないでくださいね。先生にこんなことお願いするのは、ちょっと心苦しいですけど」

「え……あ、ああ。全然気にしなくていいよ」

「いえ、気にしなさすぎてもそれはそれで駄目なので……って、ふわふわした言い方しすぎですね。じゃあ行ってきまーす」

今度こそ社さんが立ち去り、脱衣所となっている大岩の向こうに向かう。

「……あっ」

「ん……?」

ハルが何かを見つけたというように声を上げる。俺も見つけた——ふわふわと浮いている、白くて小さい布。

ブラとパンツも洗わないといけない、そんな状態の人もいる。そんな当たり前のことを見落としていた——気を遣って何も言わずにいるハルにも悪いので、俺は洗濯物と向き合う覚悟を早々に決め、心を無にして動き始めた。

6　ガールズトーク

玲人たち男子が周囲の安全確保を担当することになり、女性陣は岩陰を脱衣所代わりにして、まず粘液の汚れをお湯を汲(く)んで洗い落とした。

「はぁ～、めっちゃヌルヌルしてる……でもお湯で落ちる感じで良かったね」

「ナメクジにカエル……どちらも粘液を吐く魔物なんて、いやらしいですわね」

「でも酸とかじゃなくて良かったですよー、肌も荒れてないみたいですし。そうだ、みんな携帯シャンプーとか持ってます？」

奏(かなで)が言うと、全員がバッグからシャンプーとボディソープなどを取り出す。考えていることが同じだとわかり、顔を見合わせて笑い合う。

「ゾーンの中に入るのにそんなのいらないって思ってても、携帯食料とか持ってくって言われたら、なんか林間学校みたいな気分になっちゃって。あーしも持ってきちゃった」

「そ、そうですよね……良かったです、私だけ浮ついた感じになっちゃってたらと……」

「服の汚れは神崎様が落としておいてくれるということなので、衛生的に探索が進められそうですね。その……粘液で汚れたままでは、匂いも気になりますし」

揺子の言葉に全員が顔を赤らめる――今度はそれぞれ考えていることを探り合うような、微妙な緊迫が訪れる。

「あ、あはは……レイ君ってそういうのあんまり気にしなそーだけど……下着とかって、みんなはどうしたの？」

「せ、背に腹は替えられませんし……とはいえ、とても男性に洗ってもらうわけには……」

「え、えっと……先生なら手洗いとかじゃなくて、すごい方法で洗ってくれたりしないですか？　それに一人だけ出さないとかだと浮いちゃいますし、みんなで赤信号を渡ってほしいというか……」

「乙女の赤信号ね……いいわね、このひりつくような緊張感。私も同じ学校に転校したいくらい」

「鷹森さん、家族の事情で転校するって言っていたけれど、それはもう大丈夫なの？」

「大丈夫じゃないから言ってみただけ。雪理ちゃんは真面目なんだから……律儀にツッコミを入れてくれて嬉しいけれどね」

葉月は結んでいた髪をほどき、粘液を湯で流したあと、シャンプーで髪を洗い始める。

「ほぇ～……ハヅキちゃん、その胸で剣道は大変じゃない？」

「剣道というか、私の場合は刀術ね。古流剣術とも言われるけど……この職業に選ばれた以上は、体型も含めて合っているということじゃない？」

優のともすれば遠慮がないともとれる質問にも、葉月は余裕を持って応じる。そんな二人のやりとりを、奏は自分の胸に触れながら聞いていた。

「持つ者と持たざる者の格差……あっ、私も成長期なんですけどね、でも激しく動くのでカロリーの消費も激しくてですね」

「羨ましいです。私も社さんみたいに、きびきびした動きができたら……」

「黒栖さんも転身したら凄い動きしてるじゃないですかー。でも褒められて悪い気はしないですねえ」

「調子に乗らないの、社。神崎さんたちが見張っていてくれるんですから、早く入浴を終えなくては……」

美由岐も髪を解いて洗っているが、その後ろからそろそろと奏が近づいていく――だが、猫のように揺子に首根っこを捕まえられた。

「にゃわ～、捕まっちゃいましたか……坂下さんもすごいボディですね……」

「っ……そ、そのようなことはありません。私も社さんの側だと思いますが……」

「坂下さんはいつも硬派なのに、脱いだらすごいっていうのがギャップ萌えなんじゃないですか～」

「萌え……すみません、私には似合わない言葉ではないでしょうか」

「揺子、そろそろ浸かりましょうか」

「は、はい、かしこまりました。申し訳ありませんお嬢様、お騒がせしてしまい……」

「いいのよ、仲が良いのなら。ふぅ……まだ少し熱いから、魔法で温度を下げてもいい？」

「ぬるくなっちゃわないくらいならいいよ、あーしは。熱いお風呂も好きだけど、ぬるめの半身浴もいいし」

　雪理が『スノーブリーズ』を使って温泉に氷を浮かべるが、すぐに溶けてしまう。それでも適温になり、雪理は肩まで浸かって足を伸ばす。

「ふぅ……こんな時だけど、やっぱり生き返るわね」

「リフレッシュしたあと、無事に探索を終えられればと思います……」

「ふふっ……揺子がそんな顔するの、しばらくぶりね」

「も、申し訳ありません、お見苦しいところを……」

「あー、二人とも仲良くしてる。もしかしていつも二人でお風呂入ってたり？」

「ええ、揺子は住み込みで私の家にいるから」

「私もお隣、失礼します……あったかいですね、それにいい香りがします。普通の温泉とは違うような……」

　恋詠が湯に浸かると、浮力で大きなものが二つぷかぷかと浮く。

「あー、こよこよめっちゃ肩凝ってそう。マッサージしてあげよっか？　あーし、そういうの得意だし」

「い、いいえ、姉崎さんもお疲れだと思いますので……っ」

「遠慮しないでいーよ、ほらほら。うわ、こよこよの肌めっちゃもちもちしてる……お餅の国から来たの？」

「姉崎さんもすべすべじゃないですか。私は姉崎さんをマッサージしますね、持ちつ持たれつということで」

「何を言ってるんですの、社……ふぅ。それにしても、神崎さんが外にいるんですわよね……」

　温泉に浸かっているメンバーの空気が、美由岐の一言で変わる――当の美由岐はそれには気づいていない。

「彼にこそ疲れを癒やしてもらうべきなのでは……あの時、第３エリアに転移するときに、神崎さんが守ってくれていると分かりましたし」

「彼みたいな強い人とは、たとえ後衛の職業でも手合わせしてみたくなるわ。戦うこと以外でも……雪理ちゃん、そんなに睨まないで？」

「今でもお二人ってライバルなんですか？　気持ち的には」

奏にそう聞かれた雪理と葉月は目を合わせ、そして微笑(ほほえ)んで言った。

「私の方が強いでしょうから、戦う必要はないわ」

「私の方が強いし、ライバルというよりは親友ね」

負けず嫌いを絵に描いたような二人の言葉に、全員が笑う。雪理は微笑みつつ肩をすくめ、葉月もまた愉(たの)しそうに微笑んでいた。

7　いつかの歌

『こちら北方向は問題ない、オーバー』

『こちら東も問題ない。オーバー』

「ああ、二人ともお疲れ……さて、と。これで終わりか」

見張りをしている仲間たちと定時通信をしつつ、呪紋(ルーン)で浄化した水で女子たちの服を洗い、空中に浮かせて水分を抜き、さらに熱風を当ててパリっと乾燥させるという作業をしていた。

「……いいのか、これは。いや、いいんだな」

服だけ洗って下着は洗わないというのはバランスが悪いので、俺がしていることは間違いではない――と自分に言い聞かせなければ、レースの下着とは向き合えない。

男子の服を洗うのも俺なのか、いや、そこは気にするところではない。そんなことを考えていると、洗濯を手伝ってくれていたハルがこちらにやってくる。

「これで一通り終わったな。ハルも風呂には入るのか？」

「あ……え、えっと、ボクは入らなくても平気なので……見張りに戻りますね」

「いいのか？　まだ探索は続くんだし、今入っておいた方が……」

「だ、大丈夫です。服もそんなに汚れてないので」

「そうなのか……もし一人で入りたいとかなら、そうできるようにしようか？」

「……そうしてもらえると助かりますけど、ボクのためにお手間を取らせるわけには……」

「いや、大事なことだからな。まあ、絶対入れってことでもないけど」

ハルは自分の服を確かめる――カエルの粘液を浴びて時間が経ったからか、やはりそのままでは厳しいようだ。

「……少しだけ入ってもいいですか？　もし時間がかかったら置いていってもらっても大丈夫なので」

「ああ、それなら服は洗っておくけど」

「あっ……そ、その、上着だけで大丈夫です、他はそのままで……」

「分かった、上着だけ洗えばいいんだな」

「……どうしてとか、そういうのは聞かないんですか？」

「聞いた方がいいのか？」

「ひぁっ……い、いえ、大丈夫です。ありがとうございます、神崎さん」

勢いよく頭を下げると、ハルは言っていた通りにいったん見張りに戻った。

『玲人様、ご友人が増えて何よりですね』

『まだ会ったばかりでそう言うのもな……まあ、協力できる人だとは思うが』

『ハル様の感情バイオリズムからは、玲人様に対する好意が見受けられます』

『そ、そうなのか……イズミ、そういうのを分析するのはほどほどにな』

『承知しておりますが、玲人様は自己評価を低めに見積もられるところがございますので。周囲の評価はそうではない、と申し上げておきたいのです』

『……イズミって、何だか最近姉さんみたいになってきたな』

俺に姉はいないが、いたらこんな感じだろうかと思うことがある。弟に対して世話焼きな姉というのが実際どれくらいいるかは知らないが。

『玲人様と私は主人と所有物の関係でございますから、きっと気のせいではないでしょうか』

『ＡＩにも「きっと」っていう概念はあるんだな』

『はい、ございます。先程のお話に結びつけるなら、ハルさんはきっと玲人様を信頼しておられます、と言えるでしょう』

言い方でだいぶ印象が変わる——と、イズミと話して和んでばかりもいられない。

『幾島さん、聞こえるかな』

『はい、どうぞ』

『現状、マップに目ぼしい反応はない……ってことでいいんだよな』

『そうなります。新しい情報が得られたら、その地点に向かうのが効率的にも良いと思います』

『分かった、もう少しここで待機することになりそうだから』

『了解しました。引き続きエリア内の探査を続けます』

そろそろ皆が入浴を終えて温泉から上がってきたらしく、話し声が聞こえてくる。

視線を遮れるような岩はあるが、全方位から見えないわけではないので、俺たち男子は『ジャミンググルーン』を使って認識を阻害している――何もないように見える空間を隔てて、その向こうに女子たちがいるわけだ。

『玲人、お疲れ様。見張りを交代するわね』

雪理からの通話については許可なしで繋いでもらう設定にしたので、声が聞こえてくる。

「風呂上がりですぐに見張りは大変だから、俺たちがそのまま続けるよ」

『レイ君たちも入ってきたら？　めっちゃいい温泉だよ』

『私たちが入った後なので入れない、ということだったりするの？　ふふっ、ゾクゾクするわね』

『鷹森さん、そういった嗜好を口に出すと神崎様に敬遠されてしまいますよ』

『ますますいいわね、彼に冷たい目で見られたらと思うと……ああっ、駄目、雪理ちゃんに冷たい目で見られるのは普通に傷つくから』

『あなたのキャラクターは確かにタレント向きなのかもしれないけれど、玲人を変な想像には使わないでね』

雪理が鷹森さんを牽制(けんせい)している――嬉しいような、冷たい目とはどんななのか見てみたいような、怖いような。様々な感情が入り混じっている。

『玲人さん、先にお風呂をいただきました。服もありがとうございます、後で「転身」させてもらってもいいですか？』

「ああ、もちろん」

『レイ君うらやましい？　あーしお風呂でこよこよと一緒にめっちゃ仲良くしてたよ』

『あ、姉崎さん、それは……』

「それは良かった。姉崎さんはトレーナーだから、お風呂でマッサージとかしてもらうと効きそうだよな」

『へぁっ……レイ君めっちゃ落ち着いてる。あーしがこよこよにマッサージしてたのばれちゃってるし』

『えっ……あああのっ、通話はつながってないですよね、コネクターはつけていましたけど』

「あ、ああいや、聞こえてないよ。何となく言ってみただけだから」

『そうだよねー、何のためにマッサージしてたかとかは分かってなさそうだしね。あ、分かってごまかしてる？』

「そ、それは……」

　黒栖さんはある理由で肩が凝りそうだから、マッサージは効果がありそうだ――なんて言えるわけもなく、普通に言葉に詰まる。

『……ていうかバディなんだから、レイくんがしてあげてもよくない？』

「い、いや、トレーナーの姉崎さんだから言ってみただけで……」

『じゃああーしは誰に肩こりを治してもらえばいいの？　大して凝ってないけど。あははー』

『姉崎さんの話を聞いていると、私は人生を真面目に生きすぎではないかと思えてきますわね……きゃんっ』

『うわ、めっちゃ可愛い声出た。みゆみゆってなんでそんなお嬢様口調なの？』

『それは一応、子供の頃からのことですから……本来であれば、折倉さんこそこういった口調がふさわしいのですが』

『そう……？　玲人次第ね、それは。私が急にですわ、なんて言い出したら変でしょうし、非合理的でしかないわ』

　それはそれで別の良さがあるのでは、と思ってしまうあたり、俺は雪理が何をしても好意的に評価する傾向があるようだ。

『その気になればみゆみゆもあーしみたいに喋れるってこと？　仲間増やしたーい』

『姉崎さんはそれで個性が出ていますから、私がそこに参入する必要はないんじゃない？　ていうか、みたいな……という感じですの？』

『わーめっちゃ適当だけど可愛いー。みゆみゆって結構面白いね、こうして話すと』

『そうなんですよ、めっちゃ面白いんですよー。美由岐さんの良さをもっと知るべきですよね、みんな』

『また適当なことを言っていますわね、社は。あなたこそ面白いですわよ、急に神崎さんを先生なんて言い出したり』

『私、心から尊敬できるなって思った人にはそうなっちゃうみたいですねー。自分でも分かってなかったんですけどね』

みんな女子更衣室の中のような感覚で話しているんじゃないだろうか――こうして聞いているのが申し訳なくなってきた。

『何か、惚気を聞かされているみたいなんだが……』

『あ、忍君お疲れー。忍君も好きじゃなかったっけ、温泉』

『木瀬はキャンプの際に、入浴には温泉を利用すると言っていたな』

『ああ、入湯料を支払ってな。風情があっていい』

木瀬君は温泉に入るのはやぶさかでないようだ。唐沢も同じらしいので、そうなると入ってもいいだろうか。

「ハルが一人で入りたいみたいなんだけど、俺たちは待ってようか」

「あっ……え、ええと……そうですね、時間のことがあるので」

『温泉の中にも岩があるから、ハルさんはその向こうに行くといいんじゃない？　なんて、知人としてアドバイスをしておくわね』

「あ、ありがとうございます、葉月さん」

やはり鷹森さんとハルはそれなりに親しいようだが、関係性ははっきり見えてこない。ハルは少し鷹森さんに対して恐縮しているようには見える。

「じゃあ念のために、俺たちも『ジャミングルーン』でハルのことが見えないようにしておくよ」

『すごい、そんなことができるんですね。玲人さんは凄いです、何でもできて』

『あら……ハルさん、いつの間に神崎さんとそんなに仲良くなったの？』

「あっ……ち、違います、今のは……ごめんなさい神崎さん」

「俺もハルって呼んでるし、気にしなくていいよ」

『っ……そ、それでしたらその……玲人さんも私のことを……』

『あーしも優って呼んでいいよ……あっ、やっぱやめとこ、めっちゃ恥ずかしくなってきた』

『湯冷めするから早く着替えてしまいなさい、私はもう終わっているわよ』

『雪理ちゃん、髪を上げてるとうなじが……ああ、いけない。神崎さんたちに想像させてしまうわね』

『鷹森さんはテンションが上がりすぎです、状況についてお忘れなきよう』

坂下さんが鷹森さんを諫めてくれて、何とか話は落ち着いた。

『ハル、そういうわけだから。コネクターってつけてるか？』

『はい、防水なのでゾーン内では外さないようにしてます。鷹森さんの言ってた岩の向こうに行ったら、れ……神崎さんを呼びますね』

だんだん打ち解けてきたということか、ハルの声が明るくなってきている。

見張りを交代してもらう間に強力な魔物が出てくる可能性もなくはないので、いつでも出られるようにしなければならない。

『……これからしばらく、玲人様に話しかけない方が良いでしょうか？　具体的には入浴している間になりますが』

「ま、まあ……イズミの好きにしてもらっていいよ」

『かしこまりました。私の人格が女性をベースにしているために、少々疑問が生じました』

言われてみれば確かに、と思う。俺もブレイサーを入浴中に外すことはないので、そこは静かにしていてもらうように越したことはないだろう。

「ふう……なかなかいい湯だな。青い濁り湯にこんなところで入れるとは」

「こう呑気にしている場合でもないが、あまり急くのも野暮というものか」

木瀬君と唐沢は身体を流したあと湯に浸かり、揃って頭にタオルをのせている。唐沢はなぜかメガネをかけたまま入っており、湯船に浸かってから外して顔を拭いた。

「……神崎、このゾーンに何が起きていると思う？」

「そうだな……只ならぬ事態だとは思う。もしかしたら、このゾーンに何かが起きていて、それを調査するために綾瀬さんたちが来たのかもな。木瀬君は……」

「ああいや、俺のことは呼び捨てにしてくれていい」

「じゃあ……木瀬はどう思う？」

呼び方を変えると、木瀬は俺を見やって何か言いたげにする——とりあえず問題はないらしい。

「そうだな……討伐隊が事前に異変を把握していたなら、このゾーンは一般探索者が入れないように封鎖されていたんじゃないか？　というか、そうするべきだったな」

「それだと俺たちはここまで来ていない。危険な場所ではあるけど、得られるものもありそう

「それは確かにな。野山でキャンプをしていたら蚊帳の外になっていたところだ……今も神崎たちに引っ張られているだけではあるがな」

「二人がいてくれて助かってるよ。俺一人だと何ていうかな……女子が多いパーティで立つ瀬がないというか」

「神崎もそんなことを思ったりするのか……お前はいつも超人的で、悠然としていて。女子たちだけのパーティでも上手く緩衝材となって統率できる、そんなふうに見えていたが」

木瀬はあまり表情が変わらないが、これは褒めてくれているのだろうか。悠然としているなんて言われたのは初めてだ。

「僕もほぼ木瀬と同じ意見だが……というか、僕は一度ミスを犯しているからな」

「……悪魔の魅了を受けたことか」

唐沢は目頭を押さえる――泣いているわけではないが、悔いているという感じだ。

エリュジーヌの魅了を受けた唐沢は、それが完全に解けてはいないようだった。魅了されている間の感覚が残ってしまうことは、必ずしもないとはいえない。『状態異常』を治療したからといって『心情の変化』が完全にもとに戻るとは限らない。

「スキルによる状態異常はある程度仕方がないんじゃないか。全ての耐性を事前に準備しておくなんてことは現実的じゃない」

「そうだな……状態異常について教えてくれる授業ってあるのかな」

「神崎より知識のある人は先生にも……いないとは限らないか。何事も決めつけは良くない」

「そうだな、学園に来てから教わることもある」

「その向上心もまた才能だろうな、それだけ強くなったら満足してしまわないか」

「まだ強くなれるっていう感覚があるうちは、そうなれるように努めるべきだと思う」

『旧アストラルボーダー』でレベル上限に達したときは、成長の限界に辿(たど)り着いたという意識はあった。しかし今の俺は、レベル限界が１３０も上がっている。

　レベル自体も30上がっているが、装備品などに差がある分だけ、この現実(リアル)においてゲームの中よりも強くなっているという実感は少ない。だが、限界突破によって取得できた魔法の威力は、アズラース戦を経た後の変化を感じさせる。

「さて、俺は先に上がるか……みんなの服も洗って乾かすか？」

「いや、俺たちのものは大丈夫だ」

「あまり負担をかけるのもな。僕たちも少ししたら上がろう、熱くなってきた」

　ザバッ、と唐沢が湯の中で立ち上がり、縁の岩に座る。ハルは大きな岩の向こうにいるようだが、気配をほとんど感じない――だが。

「……鼻歌……？」

「上機嫌だな。あの少年、俺たちと同い年くらいか？　それにしては牧歌的な歌を歌うんだな」

「外国の歌だったか。カントリーソングというやつだな」

　木瀬と唐沢は歌に耳を傾けている——俺もつい聞き入ってしまうが、ハルの服を洗うために先に湯から上がった。

8　鱗獣

　ハルには『ジャミングルーン』を使い、周囲からの認識を阻害することで、その姿は見えなくなっている。

　彼が風呂から上がるころを見計らい、俺は服を持って彼がいるとおぼしき方向に声をかけた。

「おーい、洗濯は終わったぞ」

「あっ……は、はい、今上がります。服はそちらに置いておいてください」

　自分の呪紋(ルーン)とはいえ、実際にその効果が働くところを見るのは不思議な気分だ——もちろん『ジャミングルーン』を俺の手で無効化することもできるのだが、今回それはもちろん厳禁だ。

　ザバッ、と温泉の水面が揺れる——と、見えないとはいえ視線を向けているのは良くないので背を向ける。

「あ、あの。少しだけお話ししたいことが……」

「ああ、どうした？」

「……さっきお風呂の中でのお話が聞こえてきて……すみません、盗み聞きするみたいなことをして」

「気にしないでいいよ……って、どんな話してたっけ」

「木瀬さんも唐沢さんと、玲人さんには絆(きずな)みたいなものがあるんだなっていう話です……違いましたか？」

「あー……結構恥ずかしい話をしてたな。どっちかというと、今大事なのはゾーンに起きてる異変の話かな」

「はい。その、ボクはそれが気になっていたとかじゃなくて、鷹森さんの件でここに来ただけなんです……なのに……」

「……ゆっくりでいいよ」

　着替えの手を止めてはいけないと思っているからか、衣擦(きぬず)れの音だけが聞こえてくる。しばらくして、すぅ、と息を吸い込む音がした。

「こうやって皆さんと一緒に探検しているのが、楽しい……と思ってしまって。遊びに来たわけじゃないのに、良くないですよね」

「……結構大変だったと思うんだけど、なかなか肝(きも)が据わってるんだな」

「それはそうです、そうじゃなかったらゾーンになんて来てません」

「そうだな。友達のためにそこまでできるのは凄(すご)いよ」

「友達というか……その、仲間というか。鷹森さんのことはそう思ってます。ボクの方だけかもしれないですけど」

「複雑なんだな……詳しく聞けてないけど、配信のためにゾーンに入るってのは結構よくあることなのかな」

「はい、でも許可が出るところは限られているんです。ボクと鷹森さんも、隣の県から来ていますし……別の交通機関を使ってますけど。終わりました」

着替えが終わったということで、俺は『ジャミングルーン』の効果を解除する――すると、一瞬ハルのフードを被っていない顔が見えかけた。

「あっ……す、すみません、つい忘れてて。ボク、すごい癖っ毛なのでフードを被ってるんです」

「そういうことか、それは大変だよな」

相槌を打ちつつ思う――さっき一瞬見えた顔は、とても少年らしくは見えなかった。というか、思った以上に髪が長い。

「えっと……じゃ、じゃあボクは皆さんのところに……」

――ハルがそう言った直後。

ズシン、と地面がズレるような振動が来て、幾島さんからのコールが鳴った。

『――探索中のマップに多数の生体反応　エリアゲートからこちらのエリアに出てきています』

「っ……誰なのか分かるか？」

『識別サインで朱鷺崎第二討伐隊と確認しました。ゲートからはさらに魔物の反応が出現——計三体、ランクB未登録個体。交戦しているのは一名のみ、他の人員は散開して撤退しています』

ランクB三体——おそらく綾瀬さんなら応戦できるだろうが、一人で戦わなければならない状況になっている理由が分からない。

『「恐慌」の状態異常で逃げてるのか……？　どちらにしても急がないとな。みんな、聞こえるか？』

『ええ、みんなすぐに出られるわ』

『マップに表示されてる通り、第二討伐隊の人たちがこっちのエリアに入ってきてる。魔物と戦闘してるみたいだが、多勢に無勢で援護が必要だ』

『では、すぐに向かいましょう。敵の強さ次第では、交戦にも注意が必要ですが……』

『ランクBの相手だ、基本的には俺が相手をする。みんなが戦うとしても準備が必要だ……ひとまず同行してくれ』

『『了解っ！』』

先に走り始めていた仲間たちに追いつき、『スピードルーン』『アクロスルーン』を発動させる——一気に加速して、マップ上に出ている討伐隊の反応に接近する。

「うぁぁぁっ……あぁっ、あぁぁぁっ‼」

「勝てるわけない……駄目だ……もうおしまいだ……っ、あぁぁぁっ！」

逃げてくるのは討伐隊の隊員たち――何が起きたのかわからないが、放っておくわけにはいかない。錯乱状態を治しておかなければ、自傷などの危険性がある。

《神崎玲人が強化魔法スキル『マルチプルルーン』を発動》
《神崎玲人が回復魔法スキル『リラクルーン』を発動　即時遠隔発動》

「っ……あ……お、俺は一体……」

「お、おい、綾瀬隊長がまだ戦って……っ」

「――安全な場所に退避してください、あとは俺たちが請け負います！」

「あ、あぁっ……だが、奴らとは戦うべきじゃ……っ」

「それでも綾瀬さんを一人にはできません！」

討伐隊員たちが驚いたような顔をするが、俺の指示に従ってくれる。綾瀬さんの名前を知っていることが予想外だったのだろう。

「――シャギィィィィッ‼」

傾斜のきつい上り坂の向こうから、耳をつんざくような声――魔物の咆哮が聞こえてくる。

「――喰らえっ！」

《綾瀬柚夏が射撃スキル『オーラブラスター』を発動》

坂を越えたところで見えたのは、綾瀬さんが見上げるような巨軀(きょく)を持つ魔獣に大型ライフルを向け、引き金を引く姿だった。

《未登録の魔物が防御スキル『ミラーコート』を発動　光・熱属性を軽減》
《未登録の魔物が他の個体と呼応　攻撃態勢に移行》

全身に装甲をまとった魔物の目が赤く輝く――そして三体が同時に綾瀬さんに殺到する。

「ギィイイッ……！」
「……っ！」

《未登録の魔物が綾瀬柚夏に攻撃》
《神崎玲人が強化魔法スキル『スクリーンスクエア』を発動　即時遠隔発動》

「っ……痛え……」

「神崎君っ……！」

他者のダメージを肩代わりする防壁――さすがに痛みはあるが、出血がない程度なら問題はない。

三体と距離を取るために、綾瀬さんの武器を掴み、彼女を抱えて飛ぶ。『ステアーズサークル』で空中に階段を作ってある程度の高さまで上がると、敵の攻撃は届かなくなった。

「すまない、私たちだけで倒さなければならなかったのだが……」

「何か、討伐隊の人たちが逃げなければならない事態になったんですね。状態異常ですか」

「……それだけではない。私たちは『あれ』が出てくるところを見た……第４エリアに出現したあの魔物を倒さなければならない」

綾瀬さんは蒼白になっている――その視線が向けられている先に、おそらく第４エリアにつながるゲートがある。

「この三体は、『あれ』が落とした鱗の一枚に過ぎない。鱗が一枚剝がれるたびに、この魔獣が生まれてくる……大型の龍の眷属である鱗獣だ」

「……龍……そんなものが、このゾーンに……」

『敵の識別名称を暫定的に「鱗獣」と設定します。玲人様、鱗獣は光と熱に強いため、綾瀬様の銃撃では有効打が与えられません』

「熱に強いタイプには……あの方法を使うか。綾瀬さん、効果が軽減されても全く効いてないわけじゃありません。この足場から弾幕を張ってください」
「分かった……無茶はするなよ……！」
綾瀬さんが大型ライフルを構えて地上の鱗獣たちを射撃する。衝撃で仰け反りはするが効いていない――だが。
「雪理、『スノーブリーズ』を頼む！　魔法が使えるメンバーは全員で撃ってくれ！」
「ええっ……！」
「行きますっ……やぁぁぁっ！」
「私の出番ですわね……っ！」
「ボクも行けますっ……！」
「ウチもぉぉっ……影薄いからって、舐めんといてやっ！」
《折倉雪理が攻撃魔法スキル『スノーブリーズ』を発動》
《黒栖恋詠が魔装スキル『ブラックハンド』を発動》
《伊那美由岐が攻撃魔法スキル『サンダーボルト』を発動》
《未登録の人物が攻撃スキル『ラウドボイス』を発動》
《斑鳩ナギが陰陽術スキル『式符・風刃尾』を発動》

冷気、闇、雷、音、風属性の攻撃——その一つ一つではランクBの魔物を倒すには至らないが、混ぜ合わせると威力が増す。それを媒介する呪紋を使うことで。

《神崎玲人が強化魔法スキル『マルチプルルーン』を発動　対象魔法を全体化》

《神崎玲人が特殊魔法スキル『エレメントグラム』を発動　即時遠隔発動》

イメージした魔法陣が、鱗獣三体の目の前に浮かび上がる——そして魔法陣の中に四色の魔法が吸収され、増幅されて打ち出される。

「「「ギィイイォォォッ……‼」」」

《魔法攻撃により鱗獣の装甲が弱体化》

「——今だっ！」

綾瀬さん、そして遠距離攻撃ができる木瀬、唐沢、姉崎さんが一斉に攻撃する——鱗獣が怯んでいる隙を衝き、社さん、坂下さん、鷹森さんも果敢に攻め込む。

「ギォォッ……オォ……オォォッ……‼」

「——いい加減に寝てろ……っ！」

《神崎玲人が強化魔法スキル『マルチプルルーン』を発動》

《神崎玲人が攻撃魔法スキル『ヘブンズスタンパー』を発動　魔力消費10倍ブースト》

その魔法は地面に向けて拳を突き出し、拳の形の呪紋を地面に刻むことで発動する――三体の頭上に現れた魔力(オーラ)の塊(かたまり)が、巨大なハンマーのような圧力で落ちてくる。

「ギォォッツ……ォ……」

《未登録の魔獣　暫定ランクＢ　討伐者：神崎玲人のパーティ》

《神崎玲人様が１５０００ＥＸＰを取得、報酬が算定されました》

《姉崎優の恒常スキル『経験促進』によって獲得ＥＸＰが１５００増加しました》

装甲を弱体化させたあと、物理属性で倒す――『ヘブンズスタンパー』は攻撃魔法レベル９だが、物理属性の魔法を使うのは珍しい。俺自身の筋力にも威力が依存するからだ。

『ステアーズサークル』で作った階段を綾瀬さんは自ら降りてくる。だが彼女はこの三体の鱗獣と戦っていただけではないらしく、装備が損傷していた。

「っ……」

「危ないっ……大丈夫ですか、綾瀬さん」

すぐに『ヒールルーン』を使い始める――綾瀬さんの消耗は激しかったが、幸いにも深手を負ってはおらず、すぐに自分で立てる状態まで回復した。

「すまない……君たちが来てくれなければ、私たちは……」

「困ったときはお互い様です。一体、何があったんですか？」

「……討伐隊の機密に触れてしまうかもしれませんが、もし可能なら教えてください。私たちも何が起きているのかを知りたいんです」

雪理に言われ、綾瀬さんは少し離れた場所で座り込んでいる隊員たちを見る。『リラクルーン』を使ったとはいえ、とても戦えるような状態には見えない。

「……あまり時間がない。私たちと同行していた人物が、龍の監視のためにエリア4に残っている」

「……ウチの姉やんや」

ナギの言葉に、綾瀬さんが頷く。斑鳩さんが『龍』の監視をしている――つまり、彼女たちはそのためにここに来たということだ。

「ウチらの家は、ゾーン……異界がこっちの世界に広がらへんように、結界を作ることを生業にしてるんや。姉やんはそのために必要な、『巫女』の力を持ってる」

「巫女……このゾーンに異変が起きてることが、ナギたちには分かってたってことか」

「はっきり何が起きるかまでは分からへんから、こうなってんねん。凶兆を感じるだけじゃ、近づいてみたら危ないのは変わらんからな……ヤクモ姉やんとエイリは無事なんですか？」

「夜雲に敵の目を向けないために、私たちは行動していた。撤退しなければならなかったのは、敵の能力で隊員が戦意を失ったからだ」

斑鳩ヤクモ、それがナギの姉であり、俺が探していた『祓魔師』なのだろう。エイリというのは姉妹に同行しているという少年のことだろうか。

「夜雲は無事だが、彼女たちは『龍』を止められない限りはこのゾーンから出る気はない。それは私も同じだ」

「……その龍は、どんな姿をしているんですか？」

「龍と形容したのは私の感覚で喩えただけだ。山のように大きく、長い首を持っている……そして、背中には人間の姿をした部位がある。その部分だけは他の部位の巨大さとは違い、普通の人間と同じ大きさだ」

――全身を走り抜けるのは、理屈のない悪寒。

《朱鷺崎第二討伐隊隊長　綾瀬柚夏様より秘匿通話が申請されました》

声に出さずに話したい、という綾瀬さんの申請。それに応じる――喉がひりつくように渇き、心臓がうるさく脈打っている。

『スコープで見た映像が残っている。神崎君、まず君にだけ共有しよう……他の子たちに見せるかは君が判断してほしい』

肯定の返答をする。次の瞬間、脳裏(のうり)に映し出された映像には。

──レイトさんっていうんですね。これからよろしくお願いします。

──このゲームを始めてから、私には悪いことだけじゃないんですよ。

──みんなと、レイトさんと一緒でいられたら、私はずっと……。

「……ミア……」

巨大な龍の背に、不釣り合いな人間の少女の姿があった。

まるで龍に囚われてでもいるかのように、その裸身には植物のような組織が絡みついていた。

その目には、光がなく。

スコープを向けた綾瀬さんに、慈悲(じひ)さえ感じさせるような微笑を向けていた。

9　龍と聖女

『……神崎君、彼女を知っているのか？』

『はい。俺の仲間だった人です。事情を話しても、すぐには理解してもらえないと思いますが……』

『そうか。交流戦に使われたゾーンで出現した女型の魔人についても……』

『俺の仲間です。昔俺の仲間だったみんなが、敵に操られている……その力を、利用されているんです』

こんな話をすれば、俺も敵側だと思われても無理はない――まして、この龍は映像で見ただけでも、その力が尋常なものではないとわかる。

魔人となったイオリとも違う。ミアは個体でも強力な力を持つ魔物に融合させられている――画像で見ただけでは、どんな状態なのかは判断できないが、あの姿になることを自分から望むとは思えない。

『……私の立場からは、あの龍を殲滅するか、止めなければならないとしか言えない。神崎君の仲間がどういった理由で敵対しているのかは分からないが、間違いなく龍も、彼女自身も我々に敵意を向けていた。彼女のスキルで私の部下は戦意を奪われ、逃げることしかできなくなってしまったのだ』

『それは、歌を歌うスキルですか？　「聖女」だった彼女には、聖歌という系統のスキルがあります』

『確かに、歌ではあった……だが、聖なる歌というようには聞こえなかった。直接胸の中に染みてくる、甘い毒のような……私は精神防御の修養をしていたために耐えられたが、部下たちは……』

　状況は把握できた。今のミアが俺の知っているミアでなくても、歌声を媒介とするスキルを使う――それは、精神防御の呪紋で対抗することはできる。

「綾瀬さん、その『龍』の強さをどれくらいだと見ていますか？」

「……それは……」

　綾瀬さんが言葉を探している。そうすることが何を意味するかを分かっていても、簡単に口には出せないのだろう。

「……あれほどの魔獣がこの国に現れた記録は、残っていない。ランクで規定される範囲なら、私はAランクの魔物までは討伐に参加したことがある。しかしあれは、異常だ」

　声を喉から絞り出すようにして綾瀬さんは言う。

　この国に現れたことのない強さの魔物。だがそれは本体の話で、『鱗獣』はBランクの範囲の強さだ――それでも、本来なら戦えるレベルの人は限られてくる。

　討伐科の一年生が戦闘に参加すること自体が、無謀だ。

　そう分かっていて、誰もが唇を青ざめさせて――それでも。

「玲人……私たちにできることはある？」

　それでも、雪理はそう尋ねてくる。

俺は彼女の強さを知っている。今持てる力を出し切れば、俺を圧倒する瞬間すらあることも――だが『龍』はそんな次元の怪物ではないのだと、画像を見た俺の感覚が告げている。

ただ巨大なだけではない。その内にあるエネルギーは、このゾーンの外に出たとき、朱鷺崎市に壊滅的な打撃を与えるだろう。

だが俺は、あの魔物のことを全く知らないわけではない。

山のように大きな魔物。ＶＲＭＭＯによくあるレイドボスだと思って、大勢のプレイヤーが命を懸けて挑んだ――そんな敵がいた。

「綾瀬さん、このエリアに撤退する前に鱗獣を倒すことはできていませんか？」

「最初に遭遇した五体は倒せている。携行兵器の投擲爆雷を使った……ありったけを使いきったが、それで少しだけ本体の動きを止められた」

「そのとき、首が下がってきていませんでしたか？」

「っ……なぜそれを？　五体倒したときに首が下がってきて、しばらくしてブレスを吐く態勢に入るまでは、頭部は動かないままだった」

「やっぱりそうか……それがその魔物の習性なんです。身体の一部を分体化したとき、分体を倒すと本体にも影響がある。下がってきた首はもちろん攻撃してきますが、それまでは隙ができます」

「そういうことか……しかし私たちは、ブレスを吐かれる前にこちらのエリアまで後退している。鱗獣を倒すことで生まれる隙は、『歌』の効果でなくされてしまう」

「……その歌に対抗する手段が必要ですね」

「そういうことなら、姉やんに聞いたら何か分かるかもしれん。姉やんは祓魔師……悪魔祓いや。龍の姿をしてても、姉やんがそれを脅威やと思ったんなら悪魔の一種ってことや。たぶんやけどな」

悪魔の一種——イオリと同じような変化がミアにも起きたのだとしたら。

ウィステリアにエリュジーヌが憑依していたように、ミアもまた『龍』——龍の姿をした悪魔に取り込まれているということなのか。

『綾瀬さん、みんなにも、さっきの画像を共有してもらえますか』

『……やはり話しておかなければならないか。分かった』

綾瀬さんが頷き、俺たち全員の顔を見たあとで言った。

「皆に聞いてほしいことがある。私はこれから『龍』に戦いを挑むが、この龍は人を取り込んでいると考えられる……この画像を見てほしい」

仲間たち全員に画像が共有される。脳裏に投影されただろうその光景に、誰もが言葉を失っていた。

「これは……魔物と女の子が、繋がって……」

「っ……酷い……一体、誰がこんな……」

俺も雪理と伊那さんと同じ気持ちだった。

ミアをこんな姿にした相手に、必ず報いを与える――そしてそれがいかに難しいことでも、俺はミアを助けたい。

「……俺は彼女を助けたい。だが、それが可能かも分からないし、この魔物に近づくだけでも大きな危険がある。だから……」

「玲人さん……それでも私は、玲人さんが一人で行くのなら、自分も行くと言います」

黒栖さんの声は震えていなかった。それが当然というように、彼女は微笑んでいた。

「私にできることがあるなら、何でもします。ここで待っているのが一番いい答えなら……そのときは……」

「……さっき、俺たちの連携であの魔物……『鱗獣』を倒すことができた。この『龍』を倒すには、『鱗獣』を五体倒さないといけない」

「あのデカさの魔物の数百倍の大きさがある龍とやらに、それで何か効果があるのか？」

「そうすることで、龍の背中にいる少女に近づけるかもしれない。そうしなければ何も手出しができないんだ」

「接近することができたら、あとは神崎さんが何とかしてくれるというわけですわね……しかしランクＢの魔物が五体となると……」

「三体倒せたんですから、五体も同じですよ。やるしかないなら死ぬ気でやります」

「神崎、あれの弱点は目だと思うか？　次は狙ってみようと思うが……」

「装甲が薄いのはそこだが、鱗獣も龍に似ている特徴がある。龍は角と逆鱗が弱点なんだ」

「なるほど……ここは爆砕弾を使ってみるか。バレルに負担はかかるが、角を破壊するには向いているだろう。それとも僕の実力では、どんな攻撃も通じないか……」

「銃器の威力は、スキルで強化することはできるが一定の威力は保証されている。熟練の使い手と同等でなくても、弾薬を変更することで効果は上がるだろう」

唐沢や木瀬と同じく銃器を使う職業の綾瀬さんなので、そういったアドバイスにも説得力がある。俺も唐沢たちと同じように聞き入っていた。

「私の刀は悔しいけれど、あの硬さでは通じないわね……ここで討伐隊の人たちの守りについていましょうか」

「鱗獣はもちろん、龍本体の攻撃もある……接近戦は難しいだろう」

「魔法を使うときに攻撃されてしまわないように、引き付ける役割は必要ですね……玲人さん、私がそれを担当します」

「黒栖さん……」

「そういうことなら私も、回避に徹すれば時間は稼げると思います。先生の魔法で加速すると、残像が残るくらいの速さで動けますしね」

「いざというときには、私の力で回避の猶予を作れるようにするわ」

雪理の『アイスオンアイズ』は格上相手にも通用する――それはイオリとの戦いで確かめている。

「姉崎さんもここで待機しててくれるかな。俺たちは必ず戻るから」

「……あーしもついていきたいって言ったら？　なんてね。みんなが帰ってくるのを待ってるのも、マネージャー……じゃなくて、トレーナーの仕事だから」

鷹森さんと姉崎さんは待機することになり、あと一人残ったのはハルだった。

「……さっき、『歌』と言ってましたよね。あの龍が、歌を歌うんじゃなくて……背中にいた、あの子が歌うんですよね。きっと」

「そうだ。その歌は彼女の使うスキルだ……おそらく魔物に操られているのだろう」

「偶然ですけど、ボクも歌のスキルを持ってるんです。役に立てるか分からないですが、それでもついていきたいって……勘っていうんでしょうか」

「その直感は大事かもしれないな……分かった。ハルも一緒に行こう」

「っ……が、頑張りますっ！」

『第４エリアからの振動が停止　エリアゲート通過先からの熱源反応が消失』

「やはりブレスを吐いていたか……今なら突入できる。五体の鱗獣を倒すこと、そして龍を監視しているヤクモと通信し、情報を得ること。それがまず私たちのすべきことだ」

「了解しました。まず俺が行くから、みんなは……」

「私も同行する。大人は責任を取るためにいるものだ……行かせてくれ、神崎君」

綾瀬さんも一度は重傷を負っていて、全身防具のスーツも応急処置をしただけで破損している。それでも彼女の戦う意志に陰りは一切なかった。

「……行きましょう、綾瀬さん」

「ありがとう」

俺は『スピードルーン』で速度を上げ、『アクロスルーン』で踏破力を上げて、綾瀬さんと一緒に走り出す。

エリアゲートの濃い靄に入る――真っ直ぐにひたすら走り続けると、靄が薄れ、視界が開けた。

第3エリアよりもさらに高熱の環境。エリアを構成する天地は淡く発光する赤みがかった岩でできており、天井が見上げても見える距離にはない。

『神崎さん、『龍』と言われた魔物はすでに視界に入っています』

「ああ……本当に小さな山くらいはあるな。馬鹿げたデカさだ……っ」

「神崎君、夜雲から通信が入っている！　回線を開いてくれ！」

綾瀬さんの指示を受けて通信回線をオープンにすると、ナギに似た、しかしどこかはんなりとした女性の声が聞こえてきた。

『戻ってきてくれたんか……私らもそろそろどうしようかと思ってたところやけど、待ってて良かったわ』

『夜雲……衛理君もいるのだから、無謀なことを考えるものじゃない』

　綾瀬さんはそう言って夜雲さんを嗜めるが、声には安堵が滲んでいる。

『柚夏、「龍」の動きを止めるために要石は置いてある。けどエイリがあの「歌」で技を封印されてしもたんや。この状態を治さへんと何もできへん』

『スキルを封印されたんですね。それは俺が治せます』

『ほんとに？　さすが、聞いてた通りやなぁ……柚夏がベタ褒めしてた神崎君やろ、君。思ったより可愛い声してるんやねぇ』

『姉上、高校生の男性に可愛いというのは……』

『なんや、うちの弟が妬いてるわ……って冗談言ってる場合やない。右手に高台が見えてるやろ？　そっちになんとか来てくれへんかな。私らはそこに潜伏してるんや』

《――異常な振動を検知しました　周辺の状況に注意してください》

（これは……『龍』が動いた、ただそれだけで……！）

『龍』が一歩足を動かしただけで地面が揺れ、その体表から鱗が落ちてくる――その一枚一枚が『鱗獣』になり、こちらに向かってくる。

「綾瀬さん、俺が足止めをします！」

「分かった……っ、援護する！」

鱗獣との戦いで効果を発揮したのは、複数属性を融合させて増幅する『エレメントグラム』――それ以外にも、攻撃を通す方法はある。

《神崎玲人が攻撃魔法スキル『フリージングデルタ』を発動　即時発動》
《神崎玲人が弱体魔法スキル『Dレジストルーン』を発動　即時遠隔発動》
《神崎玲人が強化魔法スキル『マルチプルルーン』を発動　対象魔法を全体化》

「――シャギィイッ……‼」

鱗獣がこちらに接近してくる前に魔法抵抗力を下げ、元から抵抗力の低い冷気属性で弱点を突く。

かざした手の先に生じた三角形は、拡大しながら鱗獣たちに到達し、瞬間的にその身体全体が凍結する。

「凄まじいな、神崎君……これなら……っ！」

《綾瀬柚夏が射撃スキル『ナパームショット』を発動》

凍結した鱗獣の身体を、綾瀬さんが魔力を込めて撃ち出した弾丸が射貫く。極低温から一気に高温に上げることで装甲がもろくなり、弾丸が貫通して炎が散る。

「まだっ……‼」

綾瀬さんは『ナパームショット』を続けざまに放ち、次々に凍結した鱗獣を撃破していく。

第一陣の撃破は想像以上に上手(うま)くいった。

高台の上に駆け上がりながら、俺は『龍』の全貌(ぜんぼう)を見る。

龍の背に見える、小柄な姿。龍の背から伸びた触手に下半身を絡め取られ、全身にも組織が巻き付いている。

髪の色が真っ白に変わっている。その変わり果てた姿でも分かる――あれは、ミアだと。

『……レイトさん……来てくれたんですね……』

頭の中に声が響いてくる。懐かしむように、ミアがこちらに手を伸ばしている――その手が、握りしめられる。

『あなたは……私たちの側にいなければいけないんです。いつも私の味方で……守ってくれる、優しい人……』

《名称不明の魔人が回復魔法スキル『ヒーリングアリア』を発動》

回復と防御のスキルに特化した職業である『聖女(セイクリッド)』。今はその力が、魔物を癒(い)やすために使われている。

「この、音は……神崎君、私から……離れ……っ、あぁ……っ！」

その歌は綾瀬さんが言っていた通り、甘い毒のようだった。魔物には癒やしとなり、人間の心を乱す――それでも。

《神崎玲人が強化魔法スキル『マインドクレスト』を発動　即時遠隔発動》

綾瀬さんの額に魔力の紋様が浮かび上がる――そして、彼女の目に正気の色が戻る。

彼女の銃口は俺に向けられていた。ミアの歌は同士討ちを誘う、そんな力は『聖女』だった彼女は持っていなかった。

「捻(ね)じ曲げられている……彼女の、スキルが」

「はぁっ、はぁっ……すまない……精神防御を行っていても、無理矢理に操られた……」

「俺がいる限り、全員が操られることは防げます。ですが……」

『もう、分かりましたか……？　レイトさん、あなたには勝ち目はありません』

《『ヒーリングアリア』により鱗獣の「戦闘不能」が回復》

『龍』とミアの能力は、これ以上ないシナジーを発揮していた。眷属である鱗獣を回復させ、こちらの行動を阻害する――それでいて『龍』本体の行動する余地を残している。

「あの子は……神崎君に話しかけてるんか。やっぱり人なんやな……」

高台には半分に折れた形跡のある岩があった。その影に、和装――巫女服を動きやすくしたような装備をした女性と、武装した少年がいる。

「姉上、あれは人の姿をしているだけです。龍の作り出した疑似餌のようなものに違いありません……痛っ」

巫女衣装の彼女がおそらく夜雲さんなのだろう。少年の額を軽く叩いて咎めている。

「それくらいは従者でも肌で分かってほしいんやけどな。あの子は人間や、魂が闇に塗られても形は残ってる」

『これが人間の、本来の姿です。因子を持つ者は、こんな力を得ることもできるんです……選ばれた存在ですから』

ミアはこちらに向けて両手を広げる。その姿は聖女そのもので――だが、禍々しく歪んでいる。

『神崎君、地上にいる鱗獣を倒さへんと、あの子に近づくことさえできへん』

ブレイサーを介して夜雲さんが話しかけてくる。俺はミアの姿から目をそらさないまま、その声に耳を傾けた。

『私らが用意してる策は二つある。ひとつは『式陣符・八卦封印（はっけふういん）』……なんとか発動の準備は進めたんやけどな、最後の一枚だけがまだ指定の位置に貼れてへん。それをなんとかして貼ってほしいんや』

『分かりました。札を貼る位置に決まりはありますか？』

『あの龍の身体ならどこでもええ。近づいたら反撃されるで……だから、気づかれずに貼らなあかん』

　俺は夜雲さんに近づき、札を受け取る。これを龍の身体に貼る——投擲（とうてき）などの手段を使えば、龍本体に迎撃で防がれるだろう。

『札を貼ることで何が起こるんですか？』

『あの子を解放するためには、とにかく近づかなあかん。私の封印術が効いてるうちは、「龍」の反撃頻度（ひんど）が下がる……そうやなかったら、龍の背中から伸びてきた触手みたいなのでやられてまうで』

『そういうことですか……把握（はあく）しました。綾瀬さん、援護をお願いします！』

《神崎玲人が特殊魔法スキル『ステアーズサークル』を発動》

　俺は高台から飛び降り、空中に足場を使って『龍』に近づく——だが。

《名称不明の魔人が神崎玲人に攻撃》
《名称不明の魔人が神崎玲人に攻撃》

夜雲さんの言った通り、空中から近づこうとしても無数の触手がこちらを狙ってくる。

あの姿でも『魔人』ということは、やはりミアの置かれている状態は、姿こそ大きく違えどイオリの魔人化に近いということなのか。

《神崎玲人が固有スキル『呪紋創生（ルーンクリエイト）』を発動　要素魔法の選定開始》
《回復魔法スキル　レベル８　『ブレッシングワード』》
《特殊魔法スキル　レベル10　『デモリッシュグラム』》

『デモリッシュグラム』で結界を展開する——触手の攻撃を防ぐことはできるが、あまりに手数が多すぎて接近できない。

『——玲人っ！』

『雪理……っ！』

第４エリアに雪理たちが侵入し、『龍』を発見する——それだけで戦意を喪失してもおかしくない相手なのに、誰も足を止めることがない。

『なんてでたらめな大きさですの……っ、こんな怪物を外に出すわけには……！』

『はぁ～、これ一発で死んじゃうやつですよね、攻撃受けたら……』

『社さんたちは鱗獣が近づいてきたときだけ対応してくれ。回避に徹して、距離を取って魔法で狙うんだ……俺はあの「龍」に近づかないといけない。この札を貼ることで、龍を弱体化させられる』

『それが秘策か……だが、簡単ではないだろう』

唐沢の言う通りだ――龍の体表から伸びてくる触手の手数があまりに多く、単純な物量で押し返されてしまう。

『龍の背にいる人は、こちらを歌だけで壊滅させる危険がある……だが、俺たちをまだ侮って
いる。連続で歌ってこない今の間がチャンスだ』

『れ、玲人さんっ……その、「龍」に近づくことができたらいいんですよね……っ』

『黒栖さん……そうか……！』

『はいっ、可能性はあると思います。私はもう覚悟は決まってます……っ！』

『……神崎、黒栖。何をするかは知らないが、それは捨て身というわけじゃないんだろうな？』

『ああ、そんなつもりはない。全員で脱出するまでがゾーン探索だ』

木瀬がフッと笑う気配がする。俺は仲間たちの前方に着陸すると、後ろから襲ってくる鱗獣

たちに『Dレジストルーン』と『フリージングデルタ』の合わせ技を叩き込んだ。

「……あなたは。本当に無茶ばかり……でも、いつも私は……」

雪理の言葉は全て聞こえなかった——だが、その瞳を見れば意志は伝わる。

《折倉雪理が固有スキル『アイスオンアイズ』を発動》

雪理の瞳が冷たい青色に変わる。幻の冷気は鱗獣たちの動きを鈍くさせる——龍の動きさえも。

「——シャギイイイイッ‼」

停滞しながらも鱗獣たちはこちらに攻撃を仕掛けてくる。振り下ろされた腕が岩を砕き、土煙を上げる——その中に紛(まぎ)れながら、黒栖さんがコネクターを介して俺を呼ぶ。

『玲人さん、行きますっ……！』

『ああ、頼む……！』

《黒栖恋詠が特殊行動スキル『セレニティステップ』を発動》

《神崎玲人が特殊魔法スキル『ジャミングルーン』を発動》

使用者が出す全ての音を消す『セレニティステップ』に、他者からの認識を阻害する魔法を組み合わせる――そして俺は黒栖さんに、夜雲さんから預かった札を託す。

『折倉さんの力で、魔物が遅くなってる……これなら……っ！』

『黒栖さん、危ないと思ったら退いていい！　龍の反撃は……っ』

『――大丈夫……ですっ……！』

黒栖さんは最短経路で龍に近づいていた――そして、こちらを認識すると猛然と攻撃してきていた龍の触手は、ピクリとも黒栖さんに対して反応しなかった。

『お願いっ……！』

《斑鳩夜雲の陰陽術スキル『式陣符・八卦封印（はっけふういん）』が発動》

『……そんなことをしても、無駄なのに。この子が持つ力全ては封じられない』

ミアの声が聞こえる。彼女には『式陣符』を発動した意図の全ては理解されていない――彼女に近づくため、ただそれだけのためだということを。

10　忘れ得ぬ誓い

『こんな世界に放り出されて、寂しい思いをしたんでしょう？　レイトさん、あなたも私と一緒になりましょう。そしていつまでも仲良く暮らすんです』

あそこにいるのはミアじゃない。ミアの力を取り込んだだけの、魔女神の使徒。

それでも頭に響いてくる声は、俺の知っているミアのもの。時々天然で、けれどいつも優しく、温かかった。

——死んじゃうかもしれないゲームなんて、作る人にも理由があったと思うんです。

よくそんなことが言える、と思った。心が荒（すさ）んでいたときは『聖女（セイクリッド）』という職業にすら素直な見方ができなかった。

彼女の優しさがどこまでも揺らぐことのない信念だと分かったときに、その感情は敬意に変わった。

——レイトさんたちみたいに優しい人は、私のために怒ったりしちゃいけないんです。

ゲーム内で出会った他プレイヤーに裏切られて傷ついても、ミアはそう言った。

彼女には生きていてほしかった。魔神アズラースとの戦いで役目を決める時も、ミアを死なせるつもりはなかった。

魔力が尽きるずっと前から、ミアは自分に防御魔法を使っていなかった。『聖女』の自己犠牲は魔法の威力を上げる――俺がそれを知ったのは、ミアが魔神の呪いで石になったそのときだった。

『私もイオリさんも、ソウマさんも、レイトさんのことが大好きだったんですよ？』

『……神崎君……辛(つら)くても、耳を貸してはいけない。彼女は、君の友人の姿を模しているだけだ』

「いえ……あそこにいるのは、俺の知っている、俺の一番大事な仲間です」

『だが、ここで彼女を止めなくては……っ』

『はい。だから、止めます』

ミアも、イオリも、ソウマも。必ず止めてみせる――取り戻してみせる。

『……神崎君、笑っているのか？』

「俺は一度死んでるんです、綾瀬さん。それでもこうして仲間と会えているのは、やっぱり嬉しいんですよ。どんな形であっても」

『一度、死んで……神崎君、君は……いや……』

何かを問いかけようとした綾瀬さんが、言葉を呑み込む。こんな時に笑う俺をおかしいと思っても無理はない——だが。

『一度は死んだ身、カッコええこと言うやん。私は嫌いやあらへんよ、神崎君。けどな、死んだら全部それでおしまいやから。簡単に死なせへんよ』

「夜雲さん……」

『私のことも名前で呼んでくれるんや。ナギともども、神崎君には責任取ってもらわんとね……と、冗談は置いといて。あの女の子を助けるには、まず龍の部分と女の子の同調を乱したらなあかん』

龍の背に融合させられているミア——『聖女』の防御結界の力は、常に龍とミアを含めた全体を守り続けている。

『悪魔にはほとんどの状態異常が効かへん。ただ、あの女の子は元は人間なんやから、魂を揺さぶることはできるかもしれん……文字通り、心を動かすことで』

「心を……動かす……」

「玲人さんっ、鱗獣は私たちに任せてください！　玲人さんはあの人のところに……っ」

「かわすだけだったらなんとか……っ、時間は稼げそうですっ……！」

「あと少しだけなら持たせられるわ……射撃隊、牽制をっ！」

「ここは通さないっ……！」

「トリガーハッピーって奴だな……うぉぉぉぉっ……！」

雪理たちの攻撃を『エレメントグラム』で増幅し、『Ｄレジストルーン』で魔法抵抗を下げて叩き込む――次々と押し寄せる『鱗獣』を押し留めることができている。

（どうすればいい……何をすればミアに届く……っ）

必ず方法はある。その答えが見えかけている。

黒栖さんは『セレニティステップ』を使っている間、敵の標的にならなかった――敵が音で標的を判別しているなら、全ての攻撃を阻む防御結界でも音は通っている。

『さあ、私と一緒に行きましょう。こっちにはソウマさんと、イオリさんもいます。また、四人で一緒に……』

「俺は行けないよ、ミア」

遠く隔てられた距離。それでもミアは俺を見ていて、視線が交わされている。

俺はもう一度『ステアーズサークル』で高台に上がる。ミアに近づく機を狙うなら、この位置でなくてはならない。

「言っただろ……ログアウトして皆で会いたいって。このログアウトした現実が元と違っていても、守らなきゃならない人はここにいるんだ」

『……レイトさんはそんなふうに、こんな世界の人たちにも優しくして……そういうところが、私はずっと……』

《名称不明の魔人による攻撃　スキル名不明》

音が通るということは、ミアと龍からの音もこちらに聞こえるということ。

『ずっと、大嫌いでした。ときどき憎まれ口をたたくのに、本当は誰よりも、他人のことだけを考えているところが』

言語化されていない、それでも何かを伝えてくる音——音波を防ぐ程度の防御では防げない。

（聖女の歌……全ての戦闘行為を停止させる、最上級の神聖魔法。だが今は違う……）

《神崎玲人のパーティ全体が封印状態》

《名称不明の魔人の支配下にある魔物の全能力が向上　血気状態》

ミアのスキルは効果を捻じ曲げられ、虐殺のための歌となる——だが。

「私のスキルは使えなくてもいい……神崎君、君に懸ける……！」

《綾瀬柚夏が特殊スキル『サクリファイス』を発動　神崎玲人の封印状態を解除》

綾瀬さんが後ろから両手で俺の耳を塞ぎ、スキルを使ってくれた――正確には、俺が受けるはずだった封印を肩代わりしてくれた。

《神崎玲人が強化スキル『マルチプルルーン』を発動　魔力消費8倍ブースト》
《神崎玲人が回復魔法スキル『クリアランス・スフィア』を発動》

「私もこれで行ける……もう一度封印されん限りはな……っ！」

俺の魔法が生きていれば、全員の状態異常を一気に解除できる――これで夜雲さんも切り札のスキルを使えるようになったようだ。

だが、ミアはすぐにもう一度『聖女の歌』を使う。そのために生じる、スキルのクールタイムが最後のチャンスだ。

『ハル、俺が思い浮かべたメロディを共有する！　思い切り歌ってくれ！』
『で、でも……私の歌には、そんな力は……』
『あいつが忘れてるのなら思い出させてやる……俺たちには必ずできる！』

《神崎玲人の強化魔法スキルレベルが12に上昇》

《神崎玲人の特殊魔法スキルレベルが10に上昇》
《神崎玲人が固有スキル『呪紋創生』を発動　要素魔法の選定開始》
《強化魔法スキル　レベル12　『スペルレゾナンス』》
《回復魔法スキル　レベル8　『ブレッシングワード』》
《特殊魔法スキル　レベル10　『シンフォニックスフィア』》

『呪紋師(ルーンマギウス)』ではなく『創紋師(ルーンクリエイター)』ゆえに使える、レベル限界を突破した魔法。『スペルレゾナンス』はスキルに『共鳴』効果を付与して、通常よりも効果を上昇させる。『ブレッシングワード』は歌に神聖属性を付与するため。そして『シンフォニックスフィア』は、音を収束させて球体に変える力を持つ。大部隊の魔法を収束させて極大威力に変える、そんな力を持っている。

『レイトさんを支えられるのは私たちだけです。その人たちでは、私の前に立つこともできない……』

「うっ……ああ……‼」

ただ、龍と対峙(たいじ)するだけ。それだけで、ハルは苦しそうに喉(のど)を押さえる。

《名称不明の人物がスキル発動に失敗》

『私の歌は誰にも止められない。レイトさんは寂しがることはありません……あなたの守るべきものは、この世界には……』

「ミア。俺はお前を取り戻す……お前が好きだった歌は、そんなものじゃない」

『……何、を……言って……』

《名称不明の魔人が魔力チャージ開始　周囲空間からの魔力枯渇》

鱗獣たちが消えていく――ただ龍の本体を守るためではなく、鱗獣のもう一つの役割は、周囲の魔力を吸収し、龍に収束させることだった。

龍が顎を開く――このままチャージが終われば、俺たちはその攻撃を防げない。俺の防御魔法だけでは、全員を守り切れない。

『――玲人、ハルッ、諦めないで！』

『私たちがここにいます……っ、ハルさんは、一人じゃありません！』

「そうだ……っ、俺たちは一人じゃない！　顔を上げて前を見ろ、桜井ソアラッ！」

なぜ、その名前を呼んだのか――いつから、彼女だと分かっていたか。

そんなことはどうでもいい。

どんな形で出会っていたとしても、俺は一緒に戦った仲間のことを忘れない。

「……あなたのことをもっと知りたいです、ミアさん……っ、レイトさんの仲間だった、あなたのことを……！」

《神崎玲人と名称不明の人物によって、未登録のスキルが発動しました》

未登録――違う、俺はこのスキルを知っている。

《神崎玲人のステータスが名称不明の人物にリンク》

（リンク……そうだ。リンクブースト……！）

ハル――名前を隠していた桜井ソアラ。彼女は性別まで偽り、鷹森さんが心配でこのゾーンに入ったということだ。

彼女と『アストラルボーダー』のベータテストで会っていたこと、短いながら交流を持ったこと。それが今に繋（つな）がっているかは分からないが、ゲームの中にしかないと思っていた『リンクブースト』が発動している。

「歌える……こんなにレベルが違う相手でも。レイトさんと皆さんがいれば、怖くない」

俺のステータスが、今だけソアラと共有されている。レベル１３０ならばミアと対峙することができる——こんなことが可能になるなんて。

『ただ、立っていられるだけ……あなたの歌は、私の歌にかき消されて……』

「いいえ……っ、届かせてみせます！　レイトさんが教えてくれた、あなたの好きな歌を！」

《名称不明の人物が支援スキル『シンパシーソング』を発動》

ソアラが歌い始める。その姿に、ゲームの中で見た彼女が重なって見える——しかし。

『っ……あ……あぁ……止めて……そんな、歌、私は……っ、知らな……』

「ソアラさん、もう少しだ！　ミアには聞こえてる！」

『玲人、私たちにもできることは……っ』

「……っ、みんなで……一緒に歌ってください……ミアさんのことを想って……！」

《神崎玲人のパーティが『シンガー』に対する支援行動『合唱』を発動》

『あ……あぁぁぁっ……私は……レイトさん……っ、あぁぁぁぁっ……‼』

ただ祈ることしかできない。ソアラと共に、皆で共有した歌を歌う——たとえ下手でも喉を嗄らして、ひたすらに願いながら。

《名称不明の魔人に何らかの異常が発生》

《チャージされた魔力が暴走します――ただちに脱出してください》

「――ウチと衛理の符術で短距離転移はできる。みんなは逃がすけど、神崎君はっ……」

「――うぉぉぉぉっ……！」

「分かった、ちょっとだけ待ったる……っ」

「姉上っ……またそんな無茶を……！」

龍の全身が発光を始める。全方位に向けて放たれる膨大な魔力の閃光を避けながら、俺は魔力で足場を作り出す『ステアーズサークル』を駆使してミアのところを目指す。

《名称不明の魔人による攻撃》

「ぐっ……あぁ……ミア、こっちだ……手を伸ばせ……！」

無数の攻撃を防御結界で防ぎ続け、魔力の直撃を避け続ける――夜雲さんの結界で攻撃は弱まっているのに、もう少しで届くはずなのに――最後の距離が遠い。

『……レイト……さん……私は、もう……』

「俺はミアを連れ戻すと言った！　だから絶対にそうするだけだ……っ！」

《神崎玲人が特殊魔法スキル『キネシスルーン』を発動　魔力消費××倍ブースト》

崩れ去る龍の身体(からだ)からミアの身体を分離させる。そのために使ったのは呪紋師の初歩――物を動かすために使うスキルだった。

ミアの身体を抱きとめたその瞬間、俺は叫ぶ――生き残りたい、その一心で。

「――夜雲さんっ！」

《斑鳩夜雲が陰陽術スキル『式符・表裏一対』を発動》

《名称不明の魔物が自己崩壊　魔力暴走が発生――》

夜雲さんのスキルで転移するその間にも、イズミの声が聞こえていた。

腕の中にいるミアを決して失わないように願いながら、意識はその場を離れた。

書き下ろしエピソード　折倉邸にて

5月3日。恋詠は雪理に呼び出され、彼女の家を初めて訪ねることになった。

「あ、あの……」

「……何か？　私で良ければ、遠慮なくご質問ください」

髪を後ろで一つに結び、蒼白に見えるほど肌の白い女性。黒いスーツに帽子を被った彼女は、助手席に座った恋詠の方を見ないまま、それでも柔らかな声で答える。

「もう、折倉さんのおうちが見えているって話でしたが、ずっと林の中を進んでるみたいなので……」

「はい、すでに私有地に入っております。この辺り一帯が折倉邸の敷地ということです」

「ええっ……そ、それって、もう……」

「通常であれば、住所には番地などがございますが、折倉邸の住所は『朱鷺崎市銀糸町』のみとなっております」

スケールが違う――恋詠はそう考えると、目の前が白くなるような感覚に襲われる。

「申し訳ありません、驚かせてしまいましたね」

「い、いえ……一つの町全部が折倉さんの家なんですね」

「町というよりは、大きな区画ですね。風峰学園があるあたりも広大な区画となっておりますので」

「はい、ありがとうございます、親切に教えていただいて」

林を抜けた先にある駐車場に車が停まる。恋詠が車を降りると、そこには揺子が立っている――彼女は恋詠を見るなり微笑むと、軽く会釈をした。

「おはようございます、黒栖さん。今日は急にお呼び立てして申し訳ありません」

「いえ、呼んでもらえて嬉しかったですっ……こ、光栄というか……っ、その、身に余る……」

「どうかご緊張なさらないでください。それでは参りましょう……静さん、ありがとうございました」

「再度出られるのであればご連絡をお願いいたします。私は休憩をしておりますので」

静は『休憩』の部分に含みを持たせたが、揺子はそれを質すことはなかった。恋詠はそれが気になるが、率直に聞いていいものかと迷う。

「……彼女は喫煙者ですので、煙草を吸ってくるということですね」

「あっ……そ、そうだったんですね」

「電子煙草ですし、車の中で匂いなどは気にならなかったかと思いますが……」

「はい、大丈夫です。すごく親切にしてくれました。スーツの女の人ってかっこいいですよね……あっ、坂下さんも……」

　揺子は少し恥ずかしそうにしつつ、それを誤魔化すようにコホンと咳払いをすると、それでも照れが勝ってはにかむ。

「……黒栖さんは素直すぎますね」

「す、すすすみませんっ、私、失礼なことを……」

「いえ、全くそのようなことは。黒栖さんのそのようなところに、神崎様も癒やされておいでなのでしょう」

「っ……れ、玲人さんが……？」

　揺子は恋詠の反応を見て微笑み、先に歩き出す。

　洋館の扉を開けると、その中には恋詠が改めて恐縮するような光景が広がっていた。

　何もかもが大きい——高い天井のステンドグラスから差し込む光が、重厚な木床を覆う絨毯の精細な模様を照らし出している。

「私、玲人さんより先にここに来てしまって、良かったんでしょうか……？」

「それは……神崎様も、いずれは、とお嬢様も思っていらっしゃるのでは……」

「……何の話をしてるの？」

上から聞こえてきた声に揺子はビクッと身体を震わせる。ホールの階段の踊り場から、雪理が腰に手を当てて恋詠たち二人を見ていた。

「こ、こんにちは、折倉さんっ、今日はお招きにあずかり、ま、ままっ……」

「そんなに畏まらなくていいのに。今日は私と使用人の皆しかいないしね」

雪理は階段を降りてくると、恋詠に微笑みかける。恋詠はわたわたと慌ててしまうが、そんな彼女の肩に揺子は手を置いて落ち着かせる。

「お嬢様、応接間にお通ししようと思っていたのですが」

「あの部屋よりは、居間のほうがいいんじゃないかしら」

「あっ、その、えっと、私のことはお構いなくっ……その辺りの床に置いておいていただければ……っ」

「あなたにそんな扱いをしたら、玲人に怒られてしまうでしょう。今から彼にも電話をするのだけど、少し待っていてもらえる？」

「は、はい、分かりました……っ」

「いい子ね。揺子、黒栖さんのことをよろしく頼むわね」

雪理の諭すような言葉に、恋詠は思う――彼女に心酔する人々の気持ちが分かると。

折倉邸居間のテーブルをはじめとしたアンティーク家具の風合いに感動し、揺子から出された紅茶の味にも感嘆しつくしたあと、ようやく少し落ち着いてきた恋詠は、向かいに座って静かに紅茶を飲んでいる揺子に話しかけるチャンスをうかがっていた。

「……黒栖さん」

「っ……は、はい。すみません、じっと見てしまって」

「いえ……見ていらっしゃったのですか？　それは良いのですが、一つ聞いてもいいでしょうか。あの特異領域の中で何があったのかを」

「それは……」

揺子はあの戦いの場には居合わせていない。『イオリ』という人物のことをまだ知らない彼女に、恋詠は知っている限りのことを伝える。

「特異領域の中に現れた魔人……その人物のことを、神崎様が知っている……」

「はい。玲人さんにとって、とても大切な人なんです」

「……彼に、一体何があったのか。風峰学園で私たちと知り合うまでにどんな道を歩いてきたのか。やはり、知らないことばかりなのですね」

目を伏せ、表情を陰らせる揺子に、恋詠は伝えるべき言葉を探す。

そして見つかったのは、自身でも驚くような言葉だった。

「それでも……知りたいと思うことが駄目だとは、私は思いたくないです」

揺子は顔を上げる。恋詠の髪の間から見える瞳は涙に潤んでいたが、確かな強さがあった。

「私は玲人さんのバディですから。彼を支えたいですし、彼の力になりたいです」

「……もし……」

「えっ？」

「……その『イオリ』という方が、神崎様にとって特別な存在であるとしたら。そう考えたりはなさらないのですか？」

揺子の質問の意味が分かっても、恋詠はすぐに答えられなかった。

喉が震える。泣き出しそうな、それとも違うのか、分からないような感情が胸にある——それを抑えるように、恋詠は胸に手を当て、すぅ、と息を吸った。

「……それでも、私が玲人さんに感謝していること……これからも一緒にいたいことは、変わりないことなので……っ」

恋詠は声を震わせながらも、そう言い切る。それを見ていた揺子はかすかに目を見開いたままだったが——首から上まで、きゅぅぅ、と赤く染まっていく。

「黒栖さんが仰っていることは、その……そのような意味に受け取れるのですが……」

「……そのような意味、ですか？」

「っ……い、いえ、お気づきでないのならそれで良いのです。イオリさんを取り戻すこと、そのために私も協力できればと思います。私も神崎様に『感謝』をしておりますので」

「坂下さん……良かった。私、まだ全然駄目なのに、大それたことを言ってるって、自分でも分かってるので……」

「そのようなことはありません。私の見る黒栖さんは、いつも神崎様のご期待に応えておられます」

「そう……なんでしょうか……で、でも、まだ全然なので……」

「どうすれば神崎様に喜んでいただけるのかというのは、皆さん考えておられることかと思いますので。そういった意味では、私も競争相手ということになりますでしょうか」

「……ふぇっ？」

「ふふっ……冗談です。お嬢様がこちらに来られるまでに、気持ちを整えておきませんと」

「は、はい……あぁっ、真っ赤になっちゃってます……」

「冷たいお飲み物をお持ちしましょう。しばらくお待ち下さい」

摇子が一度席を外す。残された恋詠はコンパクトミラーを見ながら、少し乱れていた前髪を整える。

「……イオリさんが、玲人さんの……そうかもしれなくても……」

胸を締め付けられるような感情を、恋詠は表に出さないようにする。

そして今さらに、揺子の言葉を思い返して、彼女が出ていった先を見やる。

「競争相手……って……そ、そうじゃないですよね。お友達として……わ、私ったら……」

恋詠はあらぬ想像をしてしまったと一人で恥じ入っていた——それが本当にあらぬ想像なのかは、今は揺子だけが知ることだった。

休憩中に居間の近くを通りがかった静は、ひととおり恋詠たちの会話を聞いてしまい、そのまま姿を現せずにいた。

「……青春ですね、お二人とも。それにしても神崎様は……」

玲人に対して静も悪感情を持ってはいないのだが、それでも思うところはあった。

「お嬢様と揺子ちゃんには恋愛はまだ早いし。あの大人しそうな子も意外に芯は強そうだし……ちょっと目が離せないわね」

いそいそと吸おうとしていた煙草のことも忘れて、静は高校生たちの恋愛模様に引き付けられていた。これからも運転手として、陰ながら見守ろうと心に決めながら。

あとがき

２０２X年、この世は空前の配信者ブームであった。

突如として世界中に『現出』した魔物たち。戦う力を持たないかに思われた人間たちだが、彼らの中に『魔力』と呼ばれる力を操る者たちが現れ、魔物たちの領域による侵食を阻み、人間は滅亡を免れていた。

魔物との戦いは過酷なばかりだけではなく、多くのものをもたらした。それまで地球上に存在しないとされていた素材、魔物と戦うことによるレベルアップ——能力の向上である。

磨き上げた能力は人々の注目を集める。幸いにも寸断されずに済んでいたネットワーク上にアップロードされた魔物討伐動画は、突如起こる『現出』に抑圧されている人々にとって、良質の娯楽として受け入れられた。

そして今日も一人の動画投稿者が、魔物の出現する『特異領域』にアタックしようとしていた——。

以上が『配信者の私がダンジョンで出会ったのは異世界帰りの呪紋使いでした　～ゲームの中でもフレンドになっていた件～』のあらすじです。もちろんそんなライトノベルは存在しませんが、桜井ソアラの視点での本巻はそんなタイトルになるでしょう。

表紙を飾るキャラクターとなったソアラさんですが、本巻で出てきたばかりですので、ご覧になった読者の皆様を驚かせてしまったかもしれません。しかしＫｅＧ先生の描き出す新人ヴァーチャルアイドル・桜井さんのオーラは相当なものですので、表紙デザインの美麗さもあいまってまた本作の新しいイメージを開拓できたのではないかと思っております。

ここでは便宜的にヴァーチャルアイドルの方を『Ｖの人』と表記いたしますが、Ｖの人は基本的にヴァーチャルの身体を持っており、そこに『中の人』が魂を吹き込んでいます。そのためゲーム内に登場するときと実物の『桜井ソアラ』には差異がありますが、今回は特例的にだいたい同じ容姿になっています。それでも主人公はなかなか気づかないので、そのステータスは飾りですかと思われることもあるかと思いますが、そういう勘が特別に鈍いということにしておいていただけると幸いです。

こんなことを長々と書いておいて、読者の皆様からご指摘をいただいたことはなかったりします。皆様の優しさによって私は物書きとして呼吸をしていられます。誠にありがとうございます、とーわと申します（遅すぎる挨拶）。

私が実際に配信を見ているかという話になりますと、かなり見ています。作業中に見ることが多いのですが、気が散るということもほぼなく、ラジオと同じ感覚で見たり聞いたりしています。普通に音楽を聞くのも睡眠導入にいいですが、配信を聞きながらいつの間にか眠りに落ちるというのもなかなか良いものです。無意識のうちに脳に情報が刷り込まれて、執筆の際に役に立っているのかもしれません。なにしろ長い時間聞いているわけですから、ＢＧＭが脳内でリピートするようになったり、ＢＧＭを聞くだけで脳裏に猫の映像が浮かんできたりするわけです。動物動画には無限に釣られます。

恋詠の変身形態で獣娘要素が入っているのはそのせいかと言われましたら、特に関係はありませんと申し上げます。動物が好きだから獣娘が好きというのはイコールではないのです。猫の要素はとても強く、人間が取り入れたら強くなるに決まっています。なんせ高いところから降りても平気ですし、人間から食べ物を与えられてもまず猫パンチで叩き落としますし、近づかれると威嚇します。私は猫に好かれませんが犬は飼っていたことがあります。けれど決して猫が嫌いなわけではありません。変身といえば猫耳ですが何か？　と開き直ることにします。

ここからは御礼に移らせていただきます。

三巻までも大変なご迷惑をおかけしたにもかかわらず、四巻でも根気強くお付き合いいただきました担当編集様には、重ねてお詫びと御礼を申し上げます。ありがとうございます！

ＫｅＧ先生には引き続き美麗なイラストを描いていただき、一枚一枚に感激しております。この本を手に取られる方は皆様ＫｅＧ先生のファンでいらっしゃると思いますが、私もツイッターをフォローして拝見できるイラストに一人のファンとして感動しています。この感動をより多くの皆様と共有できましたらと切に願います。

校正担当の方には今回も精密なご指摘をいただき、感謝してもしきれません。ダッシュエックス文庫編集部の皆様にも、改めまして御礼申し上げます。

今年の夏は大変な暑さになりそうですが、この本が皆様に少しなりと清涼感をお届けできましたらと願っております。どうかご自愛ください。

それでは、またの機会にお会いできましたら幸いです。

ありがとうございました。

強冷房に凍えつつ　とーわ

この作品の感想をお寄せください。

あて先　〒101−8050　東京都千代田区一ツ橋2−5−10
集英社　ダッシュエックス文庫編集部　気付
とーわ先生　KeG先生